U0109842

Raymond W Yin, M.D.

尹浩鏐 ◆ 著

謹以此書獻給我的至愛夫人尹淑英

感謝她的真愛，互助，理解與寬容

左起：陳若曦、尹浩鏐、尤今、尹淑英

左起：高爾泰、尹浩鏐

左起：尹淑英、高行健、尹浩鏐

3

世界華文作家聯會訪日代表團在世界和平紀念碑前留念：左二起：
彭潔明、尹浩鏐、貝鈞奇、潘耀明（團長）、陸士清、王烈耀

港台海外作家文學座談會

前：金庸、瘂弦；後：潘耀明、作者夫婦

序（一）

通過醫生視野展現的作品

彥火

　　我有一些醫生朋友是醉心文學，但是像尹浩鏐醫生對文學愛得那麼深沉、那麼癡心，卻是罕見的。他寫大量有關醫學專著之餘，也寫小說、散文、詩歌，還翻譯外國詩。

　　對於一個醫生來說，人的五臟六腑，肌膚皮毛，無不在他（她）觀人入微的眼底下纖毫畢現。我曾問過醫生朋友，人們的體軀於他們來說，已無秘密可言，他們對人還感興趣嗎？

　　這個問題不免愚昧。因身體髮膚不過是人的軀殼而已，人的七情六慾、氣質性情是迥然不同的。這就是尹浩鏐醫生熱愛文學、醉心寫作的原因了。

　　醫生要求是理性的、冷靜的，不過文學是情感的表述。情感程度不同，表述也迥異。高行健一再強調「冷的文學」，是一種超越市場、政治的、個人的文學。尹醫生對文學的熱情擁抱多於冷處理。這大抵與他寫詩有關，詩人是需要激情的。

　　收入尹醫生這本書內的文章，包括散文、評論、遊記、人物印象、詩歌賞析，題材廣泛，表現手法多致，都是他的近作。

　　從篇目來看，也可以說明的一點是，尹醫生文學創作方面是深廣的，其中包括杏林勾沉，如《另一個白求恩──記美臣醫生》、《燦爛的明珠──苦學成功圓醫生夢》等；人物訪問及人物印象，如《上海世博會中國館總設計師何鏡堂》、《喜會高爾泰》、《踽踽獨行的高行健》等；還有譯詩賞析如《莎士比亞十四行詩中譯賞析》……。

　　林林總總，大抵是我心寫我手，直截的表述，在寫作技巧上屬於「直接描寫」，即從正面對人物肖像、心理、語言、行動或事件、環境、氣氛，進行正面具體描寫，不用曲筆，好處在於簡單明快，幅短神遙。

　　尹醫生的寫作態度是認真的，雖然他與上海世博會中國館的設計師何鏡堂是故友，是鄰居，也是中學同窗，後來也多所交往，他還是特地跑去廣州華南理工大學進行訪問，並進行多次訂正。

　　這篇訪問記從兩人少年交往、抱負談起，然後轉入核心話題，抒寫何鏡堂設計中國館的理念和實踐，突出「城市發展的中華智慧」，行文流麗，夾敘夾議，由感情到理性，是不可多得的人物印記。

　　不管怎樣，這本集子所收的篇什，是一個醫生的個人感受的作品。創作意義上的感受，有不同類別。從感受器官分，有視覺感受、聽覺感受、嗅覺感受、味覺感受、觸覺感受五類，通稱「五覺」感受。

　　至於從感受的來源，則分有直接感受和間接感受兩類，按感受的方式分則有：有意感受和無意感受。

　　「五覺」感受雖屬於生理方面，但它並非單一的，而是和作家的心理活動密切結合，以綜合的和動態的形式進行的，是作家藝術感受的先導和基礎。

作家在這些感受的基礎上去認識、描繪客觀世界，才能展現出多姿多彩的「第二自然」。

直接感受是感受者直接通過「五覺」體驗生活所獲得的感受，是作家獲取寫作材料的主要來源，醫生對「五覺」，格外敏感，這「五覺」，正如五味架上的調味品，只要調配得宜，肯定是一道美味的名饌。

我想說的是，這正是一本通過醫生視野展現的作品，饒有丰姿。

（作者是香港作家聯會會長／世界華文文學聯會執行會長／香港明報月刊總編輯）

序（二）

讀尹浩鏐博士英詩中譯有感

劉庶凝

　　同是他鄉流落人，相逢只在「詩情思意」中，年來喜讀《壹週報》「詩情思意」欄，知尹君浩鏐遍讀中外文藝偏愛詩歌，對唐宋詩詞有特殊見解。他本人亦致力於小說詩歌之創作，特別是英詩中譯文情並茂。寄居賭城華人讀其專欄內優雅之文字，如飲沙漠甘泉，如經還鄉幽夢。所譯之莎士比亞十四行詩（Sonnets）比原文更能深入淺出，談來琅琅上口，即使著名學者梁實秋、胡適、林語堂再世，也當自嘆不如，常言「詩文譯作非詩人莫屬」，信然也。尹君雖有博士學位為醫學界名人，但少年時曾身經反右風暴，怒海餘生。多年顛沛流離，親恩未報，更那堪隻身遠出國門，痛感浮雲人事情場風雨，故能「動心忍性增益其所不能」；故能體念莎翁出身低微失意宮庭之幽情苦緒，尹君信手譯來與原著神貌俱合，試讀：

> 「我時運不濟，到處遭人白眼，
> 　暗自哀悼飄零身世；
> 　奈何蒼天聲耳不聞不問。
> 　我常顧影自憐，又長吁短歎…」（Sonnet No. 29）

又如：

> 「在我身上你會看到晚秋時候，
>
> 只剩下兩三片黃葉殘掛枝頭，
>
> 在無情的寒風中索索發抖；
>
> 荒涼的歌壇聽不到美妙的歌喉；
>
> 在我身上你會看到日落黃昏，
>
> 夕陽的晚霞向著西方消隱，
>
> 黑暗迅速吞沒人間的一切……」（Sonnet No. 73）

莎翁寄意於秋風、黃葉、暮靄、空庭，哀人生短暫，愛情無常，恰似紅樓夢中黛玉惜花亦憐己。短短十四行，寫盡夕陽西下人去樓空之感。該詩與尹君選擇雪萊（Shelley）之「哀歌」中情景不期而合：

> 「時光與人世從世界中流駛！
>
> 我正登臨你最後階梯，
>
> 在回首昔日站立的所在，
>
> 美麗的青春何時再來？
>
> 呵！已不復再來！」

尹君選擇之英詩主題極為廣泛，其中不少幽默嚴肅之作，例如 Sonnet No. 116 乃是莎翁對愛情最高之評價：

> 「愛情是互古長明的燈塔，
>
> 它不會因暴風驟雨而熄滅；

　　愛情是指導迷航的北極星，

　　它光輝四射，高不可攀；

　　紅顏會變色，青絲會變白，

　　明眸皓齒抵不住時光的摧殘。

　　真愛卻永恆不變，萬古長新，

　　它超過時空的極限…」

　　其他主題兼有歌頌友誼及時行樂（carpe diem）之意。例如蘇格蘭詩人彭斯（Robert Burns）名篇「逝去的時光」：

　　「為了逝去的時光，

　　為了逝去的時光，

　　讓我們為友誼乾杯；

　　為了逝去的時光，

　　老朋友怎能忘記，

　　怎能不深深牽掛？

　　老朋友怎能忘記，

　　那逝去的時光？……」

　　尹君退隱賭城專心寫作。他三更燈火筆耕不輟，其作品如行雲流水輕快自然以神來之筆譯最難之詩；其譯文亦信亦達亦雅。所幸中文之音韻意境遠過於任何外語。如譯晦澀之「Narcissus」為「水仙」；如譯「whorehouse」為「青樓」或「花街柳巷」；如譯「Lotus」為「睡蓮」；如譯「sex」為「雲雨巫山」；如譯「a dead woman」為「香消玉殞」。

　　尹君詩才橫溢有心多情，故能盡得所譯原文之神態意味。古人說：「詩可以興，可以哀，可以群，可以怨⋯」念今世烽火連天，斯文掃地，唯有文學藝術可慰我等坎坷人生。尹君之譯作雖非千古絕唱，但與一般海外學人之譯文相比則是鶴立雞群，高人一等。筆者本人在各大學教授英詩多年，曾有中譯莎翁詩文之狂想。今讀尹君大作，忽憶當年李白過武昌，登黃鶴樓撫今追昔，詩興大發，但仰見崔顥佳作「黃鶴樓」即擱筆長嘆：「眼前有景道不得，崔顥題詩在上頭。」

　　詩仙猶如是謙讓，筆者何許人也，豈敢玩弄筆墨錦上添花？文人相「敬」今古必然。肺腑之言謹以為序。

（作者是內華達州大學英文教授）

目　次

散文評論卷

詩卷

散文評論卷

飛翔的百靈

——新移民的奮鬥

一

　　八月的夜晚天高雲淡，和風拂面。我驅車到湖邊的幽靜的一間咖啡店裏，柔和的輕音樂播送著一首首莫札特的，海頓的，還有柴可夫斯基的和蕭邦的小夜曲，使人如夢如醉。我在店內一旁一隅坐下，要了一杯濃香的咖啡，閉目養神沉思，欣賞著美妙動人的樂曲。──當我睜開眼時，掃視一下吧台周圍，眼前為之一亮，在另一邊角落裏坐著一位美麗的大眼睛，長髮的東方女郎，沒有到過天堂的人是不會想像出世間竟會有這樣的美女！她的五官勻稱，膚色皙白，兩頰腓紅似早霞，一對眸子透射出靈氣，在半明半暗的燈光下，她就像一尊晶瑩的女神。啊！這真是上帝的傑作……我呆呆地望著她出神，原以為她不會注意到我，而我是在陰暗的一角望著她的，不料，突然間她向我嫣然一笑……那一笑把我的骨頭熔化了，你見到希臘神話中的維納斯嗎？我是想像過的……她的唇齒之

間，好像豔陽白雪，放出異彩，又像高山雪影，清澈透明，簡直是美得不可思議，美得盡脫塵氣，令我心頭震動，茫茫然不知所措，而她卻大方得體，輕步地向我走來！

「實之醫生，你好，我是你的好朋友麥醫生的朋友，他說你是一個好人，可以解決我的難題。」

「奇怪了，他是本地有名的通天大聖，有什麼事情他做不到，而我卻可以做到的呢」我說，眼睛盯著她，弄得她有點不好意思。不過她還是紅著臉對我說：

「我早就聽說過你了，他們說你是本地的風流才子呢？」

「才子夠不上，我又怎麼變成風流了呢？」我被她弄得啼笑皆非。

「我也不清楚，不過聽說你見到漂亮女孩總是盯著不放。」

「那真是冤之枉也，幸好我夫人不在，不然我絕不放過你。」我大笑。

「那你又能把我怎樣呢？」然後她露出神祕的一笑：「不和你逗笑了……我今晚，是特意來找你的。」

「這就怪了，你怎知我在這裏？」

「麥醫生說你常來這裏的，所以我來碰碰運氣！」

「我原以為漂亮女孩是不自動去找人的。」

「不與你開玩笑了，我想請你幫我一個忙？」

「才見面就要我幫忙……況且，我這風流……什麼的，怎幫得上你的忙？」

「我妹妹剛來，她原在中國大陸是內科醫生，她想拿到美國的開業執照，又無門徑──你肯幫這個忙嗎？」

「哦，你的妹妹──和你一樣漂亮嗎？」

「比我還漂亮。」

「鬼才相信你的話，有誰會比你更漂亮的呢？不過既然你找到我，我一定盡力而為，不過你得先告訴我你是誰。」

「我叫王眉，妹妹叫王豔，我老公叫史蒂芬……。」

「啊，你有老公？」

「他可是這裏大學的系主任呢！」

「一點也不奇怪，不然他怎麼會把你這個大美人搶到手呢——他是白種人嗎？」

「美國人，英裔的！」

雖然我家裏也有一位漂亮的太太，而且待我很好，我們夫妻恩愛，對別的女孩，也絕無非分之想，但仍禁不住愛美的天性，聽到她已結婚，不免仍有一點失望，於是苦笑著，挖苦地說：

「你既然結了婚，還找我幹什麼？」

她睜大眼睛，更好看了。

「難道結了婚的人，就沒資格找你了嗎？」

「假如你有求於我，最好你沒有結婚。」我說，我是氣她嫁了個洋鬼子，「他是不是長得很英俊？」

「總之，不比你差就是了！——我再問一次，肯不肯幫忙？」

「這裏醫生很多，為什麼找我？」

「因你也是大陸來的，想來你一定知道怎樣才能拿到美國醫生執照。」

「我可是靠苦讀出來的，是由美國和加拿大大學訓練出來的啊！不是你想像中跑江湖騙來的文憑！」

「那你可以幫她苦讀，入這裏的醫院受訓練呀！」

「是要考試的！」

「她不怕考試！」

「英文怎樣？」

「還可以，她不怕吃苦！」

「你妹妹來了沒有？」

「沒有，她有點害羞，不像我，怕你不答應，所以不敢來！」

「我得好好地跟她談談，先要知道她有沒有耐心，美國人不會那麼容易把醫生執照送給你，你非得要比他們還優秀才成，你要知道在美國只有最優秀的大學畢業生才能進入醫學院，醫學院畢業後還要經過嚴格的住院醫生訓練，從大學畢業起還要經十年才能成為專業醫生——這十年會把一個像西施一樣的美人兒弄成一個醜八怪，到時就嫁不出去了！所以我不是故意嚇唬你的，我看還是讓她早嫁人算了——要不要我介紹？」

眉被我的調皮話氣壞了：

「我只問你一句，你卻拖出一篇大道理，不過我告訴你，我的妹妹不怕做醜八怪，她做不成醫生會去跳樓——你滿意了罷！」

「那也好，我總不希望她變成和你一樣——配成一條香蕉。」

「你說我配什麼？」

「香蕉呀！外黃內白——可不是嗎？」

「你真是豈有此理！」

我看著她越怒越漂亮，挑起了我的老頑童本領。

「我若是講道理，就不配叫風流才子了，是不是？」

「好！算我多嘴，你是最好最乖的老好人，好了罷！」

「哦，怎麼我又變老了？」

　　眉被我逗得沒好氣，只好放下調皮臉，認真地央求我：

　　「人家都說你是大好人呢？一定會幫我這個忙呢！」說著又向我做了一個快要哭的樣子，迫得我也只好認真了起來。

　　「好罷，你要我怎樣幫你，我就聽你的吩咐好了」

　　「我媽說：下星期六請你和夫人來我們家裏吃便飯，順便給我妹妹指點一下，不知你們能否賞光呢？」

　　「一言為定，不過我老闆……夫人還在香港，還有兩星期才回來——不然我怎麼今晚會這麼可憐，孤零零的在這裏發呆呢？」

　　眉又被我逗笑了。咳！她這一笑真是美極了！

二

　　眉的家佈置得精緻優雅，一踏入他們的家，我便有如沐春風的感覺，家裏的裝飾並不華麗，但燈光書櫃無處不顯示出主人的高雅的品味，史蒂芬英俊有禮，和眉正好是天生的一對。而眉的父母——那時剛從大陸來美不久，非常客氣，而眉的妹妹好像和她是一個胚胎裏出來的，體態輕盈，一臉聰慧的樣子，尤其是那一雙媚人的大眼，比她姐姐還更嫵媚，你看她久了，她會把你的靈魂勾了去，她不像姐姐那樣輕巧調皮，談話也非常含蓄——惟其如此，你只會感覺到她深刻的靈性，你聽她說話如聽著一隻低聲歌唱的夜鶯……絕不會想到她是一個醫生，尤其是一個剛從大陸出來的醫生。

　　在晚飯後品茶的時光，我細心聆聽著眉給我講著下面有關他們的故事：

　　我是在桂林出生的。從小就愛上了桂林的山水，尤其是陽朔，世間沒有比陽朔更迷人的地方了，我小時常赤著腳，一頭散髮，嬉弄著那湖邊的清泉，無論在晴爽的清晨，還是夕陽西下的黃昏，尤其是黃昏，那時晚霞膠附在天邊，青翠的群山倒影在水中，隨波輕蕩，那青翠的樹葉和鮮紅的芍藥，映印在水波上，隨著波光搖曳，還有那飛來飛去的百靈鳥，唱著美妙的清歌，那真是天籟的絕唱！有時我獨坐在廊前，靜聽那水流的低吟，還有樹上的秋蟬，為我編織著童年的真，幼年的夢。

　　我愛唱歌，尤愛唱廣西的民謠，在學校裏，我是一個出色的歌手，人們都稱讚我和妹妹是桂林最漂亮的一對姐妹花，稱我是愛唱歌的百靈，妹妹是黃鶯，我十二歲那年，文化大革命來了，我父母原是廣西大學的教授，教的是中文，不知是什麼原因——大概連他們自己也不知道是什麼原因——他們被趕到附近的農村生產隊落戶去了，我們姐妹倆無人照顧，也只好跟隨去了，民村大隊裏，那些純樸的農民很喜歡我們，把我們安排到他們的小學裏，教他們的孩子唱歌，他們常常偷偷地把他們最好食物留給我們，還讓我們每星期去探望爸媽一次，爸媽總是教我們自修學業，不要對前途失望。

　　這樣地挨過了八年，文化大革命結束了，爸媽又回到了廣西大學，我以同等學歷考上了廣州中山大學經濟系，妹妹入了武漢醫學院。

　　在大學裏我還是個被人追逐的女孩，有一個比我高一年級同系的青年，叫俊明的，人聰明又英俊，我是在一個學校舞會中認識他的——我那時就愛跳舞，啊，那些柔和的舞曲，一下子把我帶入夢

幻之中，我們白天忙著那些煩厭的政治學習，晚上我們偷偷地溜出來沿著珠江河邊散步，在溫柔的月色下，他聽我輕聲歌唱，我們就這樣渡過不知多少美好的日子。

但政治的風暴並沒有放過我們，他開始被班裏的黨小組成員批判——他還是黨員呢！——說他熱戀著我是一種不可原諒的資產階級的行為，因我不但不是黨員，連團員都不是，而父母也是臭老九，他那時還含著眼淚對我傾訴，說聽不到我的歌聲他就會死掉，不過我開始發覺他慢慢的變了，變得不再溫柔與憐惜，我愁了不來安慰我，我病了不來看我，我慢慢失去了原來快樂活潑的性情，到晚上常感到孤獨與悲傷，每當看到別的情侶們踏著春色去郊遊，我就孤零零的把自己關在房裏給爸媽和妹妹寫信，訴說我的苦楚。

我從此恨透了男人，我絕不接受任何人的奉誠與諂媚，我聽從爸媽的教導，更加勤奮學習，尤其是外文，希望有一天逃離這個使我難堪的環境，到外面去開創一番事業。

最後，機會終於來了，一個香港大學回來的客座教授想招一個研究生，他看中了我，把我帶到香港。我在香港大學埋頭苦幹了兩年，完成了兩篇還算有價值的論文，發表在英國的一個權威雜誌上，還用這兩篇論文，申請到紐約大學的碩士獎學金，這樣我便來了美國紐約。

剛來紐約，可憐我一個單薄的女子，無端被命運擺佈，來到這個舉目無親的異鄉，那種孤單愁苦的日子，真是令人難挨！你想我從小受父母疼愛著，同事們讚美著，如今孤零零的一個人，白天在學校同學們都用好奇的眼光看著我，還在我背後吹口哨，可是我恨透了男人，也全心不向他們低頭，所以我寧願孤單到死，也不去理

睬他們，所以在我們系裏，他們給我起了個綽號，說什麼「冷西施」的，我全不介意！

　　但我的獎學金只夠交學費及住宿費，我還要自己應付其他的開銷，我找到了在唐人街一個餐館裏做女待的工作，收入還好，許多客人就只是為了能看到我而來餐館吃飯的，還爭著要我招呼他們，這樣餐館一下子生意好了起來，我的小費也特別多，同時也變成了老闆的搖錢樹——那老闆卻是個好人，三十剛出頭，很英俊，還是康乃爾大學的電機博士呢！可惜黃種人找不到工作，幸好家裏有錢，他就開了這個餐館，還算是比較高級的，後來老闆慢慢看上我，有事沒事總想辦法來接近我，不過我還是那一套，除公事外絕不多講一句話，更不會對他笑了，有一天他忍不住了，輕輕地對我說：

　　「眉，我看你這樣一邊打工一邊讀書也夠幸苦了，我和我老爸都很喜歡你，說你若肯做我們家的媳婦，你就不用為錢發愁了，你可以繼續讀你的書，若你有興趣，還可讀完博士後才結婚，只要你答應我們結婚就行。」

　　我被他的舉動嚇壞了，一聲不響便走出了餐館，從此就沒有回去過。

　　不過我已籌到足夠的錢繼續讀書，一年後拿到碩士學位，還取得了哥倫比亞大學經濟系博士的獎學金。

　　哥倫比亞大學的環境卻好多了，尤其我的指導教授——不用說，那就是史蒂芬了，那時他剛從耶魯大學轉過來，三十多歲便成了正教授，在美國還算是有名的呢！他對我這個學生可是嚴格得很，我也不知挨了他多少罵，說我做事馬虎啦！對問題思考膚淺啦！還說我若不加勁一輩子也拿不到博士啦！

我被他罵得不知偷偷地哭了多少次，但不知怎的，我對他總是有一種特別的感覺，覺得他跟別的男人不同，別的男人都是奉承我，博我的青睞，但他卻是嚴肅認真，同時也有點風趣和幽默，有時我悶了，真想被他罵一頓，可是這傢夥突然之間又不肯罵我了，有時看我在書桌上打盹，還偷偷地給我送一杯熱騰騰的咖啡放在我的書桌上，也不說一句話就走開了，好像是一個害羞的男孩！

慢慢的，他把我的心靈之窗打開了，我開始欣賞窗外的陽光和鳥聲了，我好像又開始喜歡男人了，不過表面上，我還是冷冷的，但我還是細心留意著他，從他的神情中我看得出來，看得出我的這位導師，對我蘊藏著一種異乎尋常的感情，從他的眼神中，憑著女人特別的敏感，我可以看出，他竟是深深的愛上我了！

我慶幸又接近一次愛情的安慰，愛情像是一杯濃得化不開的純酒，它是苦澀的，但你可以品嘗到它的芳香，史蒂芬不懂得溫柔，也不懂得奉承一個女人，但他的誠實，他的真情，絕對會使你覺得安全，一個你可以信賴依託終身的男人！

我們很快便墜入了情網，而我的博士也泡了湯——我拿不到博士，卻變成了他的夫人！

婚後我們遷居來到這裏，這時我爸媽已退休，我們把他們連同妹妹一起接來我家同住——好了，親愛的朋友，以後的事，你便知道了——你要幫助我的妹妹，她說過，她若做不了醫生，她寧願去跳樓，她可不是說著玩的！

我沉醉在她的自述中，原來我眼前這位美人，不但有著春風似的神態，我更驚訝她那堅忍不拔的性靈，一如高山白雪，清澈明亮，其美可驚，真情可感！

　　我心想，她們姐妹同根，姐既如此堅韌，妹亦當復如是，我舉起身旁的香片茶，大喝一口，我希望用清涼的心，慢慢道出我本身求醫的艱難困苦，先來試探一下她有無勇氣，犧牲大好年華，來達成她從醫的願望。

　　「第一，我說，是對豔說的，你必須先通過醫師鑒別考試，那是包括所有的基礎醫學及臨床醫學，不但要把你以前學過的重新再讀，而且還要學得更深更透，你要埋頭苦讀兩到三年，才能有希望通過這個考試。」

　　「第二，即使你通過了考試，你還得要找到一個肯收留你的醫院，讓你實習一年，實習完後，你還要通過醫生執照考試。」

　　「第三，如果你想做專科醫師，你還要再接受四年的專科訓練！」

　　「你要知道，歲月不饒人，時光一瞬即逝，一個女人的青春，消磨在這個毫無把握的戰鬥上，是否值得！你要好好考慮啊！」

　　豔把她的眼光對視著我，用堅定的口吻給我作了回答：

　　「值得！」

　　「為了什麼呀？」

　　「因為我答應自己，我的一生，不為自己，而為別人——那些需要我的病人！」

　　我凝視著她那對神靈的妙眼，好像是一道利劍似的光波直透入我的靈府。

　　啊，天哪！天下間怎麼會有這樣一對美如天仙，而意志卻又堅如磐石般的女郎！

三

從此我和眉成為要好的朋友，由於出身相近，我們有談不盡的話題，我們都為對方的遭遇和奮鬥精神所感動，我們互相尊重，情同兄妹，我們都深愛著自己的伴侶，我們從未有超過友誼的意念，但眉還是成為我難得的紅顏知己。我們常暢遊在林梢樹下、綠野湖旁，傾吐我們內心的世界。

「老天爺，」我常常偷偷地問自己：「我生逢在這個多災多難的年代，從小四處飄蕩，我原不配有多情的意念的，我既有深愛著我的夫人，卻又為何遇到眉呢？」

「眉，我可以問你一句話嗎？」一天我望著我倆水中的影子，輕輕的說。

「你就說罷！不過如果你覺得不應該問的，那就不問也罷！」眉幽幽地說。

「如果我不說，我會被噎死的！」

「好，我聽著。」

「假如有一天史蒂芬不要你了，而我的另一半也不再喜歡我，你看我們會不會在一起呢？」

「你真是傻得可愛，明知那是不可能的事！」她笑著說。

「又譬如說，如果我倆都沒有結婚，那你會不會和我在一起呢？」

只見她緋紅了臉，反問起我來：

「你說呢？」

「依我說，我倆都是從苦難中走過來的人，應當可能會在一起的。」

「你說得也對」然後她不再說話，只望著湖水出神，低聲唱著她兒時愛唱的廣西民謠。

四

十年過去了，黶終於通過了所有的考試，成為一個優秀的內科醫生，而且結了婚，還組成了一個美滿的家庭。後來我也離開我們居住的城市，和眉已不再常見面。不過對她的思念，卻與日俱增，她好像那只白靈鳥，在我的心中歌唱著：

（一）

你美麗的容貌已從我的面前消逝；

但你的歌聲卻常在我耳邊迴蕩；

你像是那春天盛開的紫羅蘭；

微風吹過，帶來了你的芬芳。

（二）

離愁漸遠漸無窮，親愛的，

為何命運這樣對我們捉弄；

初見你時你已名花有主；

而我也被深困在自結的情網！

（三）

但我對你的思念，

將永藏在我的心底；

無論是白晝，或者是黑夜，

你的音容將永在我的記憶中珍藏！

（四）

光陰飛逝，時日不再，

再見你時我們已不復年輕；

為何往日的情懷仍在我心中動盪？

只因你有一顆高貴純潔的心房！

上海世博會中國館總設計師何鏡堂

一、邁著堅實的步履走來

目前中國最吸引世界目光之所在，莫過於上海世博會，而世博會中國館的總設計師竟然是我的老鄉和中學同窗好友何鏡堂。

還記得，五十多年前，我們兩個小頑童，從家鄉石龍中學讀完一年級後，雙雙轉學到東莞中學。雖隔街而居，每天卻總是結伴上學。鏡堂的哥哥喜愛繪畫，他也常帶著乾糧和畫板，跟哥哥到郊外寫生；我則喜愛文學作品，常從莎士比亞的書中尋仲夏夜之夢。在完成課業之餘，我們無憂無慮地發展各自的興趣。

記得在中學畢業前的一個週末，我和鏡堂兩人到三十里外的流花塔遊玩。我們走在延綿曲折的盤山公路上，那山路，凹凸不平，曲曲彎彎，剛走過一彎的盡頭，轉過來又是一段望不到頭的路，如此周而復始，正是「山窮水盡疑無路，柳暗花明又一春」。

傍晚，老天不作美，突然降起雨來。毫無防備的我們，濕漉漉地奔跑到大樹下躲避。抬頭遠望，只見朦朧中的流花塔，浴沐在如簾的雨絲之中，忽然若有，再顧若無。鏡堂說：「那塔不就是紀念

袁崇煥的嗎？流水有情，青山有幸，長眠著令人景仰的一世英雄」。我望著塔，想到袁崇煥英雄而悲壯的一生，不免淒然。

見我默不作聲，鏡堂又感慨道：「人生短暫，大丈夫生於世，不能只求一己之安，縱使享盡榮華富貴，死後也是塵土一坯，我們不能白白在世上走一遭，將來一定要為國為民做出一番事業來。」

看著鏡堂興奮昂揚的神情，我生出莫名的感慨：明末腐敗，滅亡是必然下場，縱使袁崇煥未被冤死，他的奮戰也未必能挽救一個垂死的朝代，但他無私無畏、保家衛民的英雄氣概，卻千古不朽，萬代流芳。

這場雨來得突然，走得迅速。在夕陽的餘暉中，群山朦朧，群樹挺拔，雨後流花塔清新的英姿，深深烙印在我們年輕的生命中。

在那激情燃燒的少年時代，我和鏡堂豪情滿懷。曾以為，我們會一直牽著手快樂地走下去。但畢業在即，鏡堂聽老師說建築師是半個藝術家，半個科學家，萌發了學建築的念頭。我的家人則希望我當治病救人的醫生。兩個不知愁滋味的少年，懷著美麗的理想和憧憬，分別走進華南工學院和華南醫學院的校門，帶著悠悠的牽掛和諄諄叮嚀，各奔前程。

未久，二十剛出頭的我，稀里糊塗陷入政治漩渦，成了右派。畢業後，浪跡天涯，經香港、台灣、加拿大，最後定居美國。如願當了醫生。

鏡堂則放棄定居美國的機會，始終留在國內學習和發展，成為著名的建築家。

1997 年我開始回國講學，遇到同班同學陳家祺。當時家祺是中山醫科大學眼科醫院院長。從他那裏得知，鏡堂不但是院長、博

士生導師，還被建設部授予「中國工程設計大師」的榮譽稱號。之後兩年，鏡堂又入選為中國工程院院士。

往事並不如煙。我和鏡堂都忘不了兒時的情誼，曾在美國、中國，彼此尋找過，也曾擦肩而過，卻緣慳一面。未料，今年不期然竟然重逢於香江。

鏡堂鶴髮童顏，笑起來還是小時候憨憨的樣子。看到他，我不由想起上海世博會中國館——那座巍峨瑰麗，氣勢宏偉的「東方之冠」，脫口說：「好小子！果然成就非凡！你在世界建築史上留下了濃墨重彩的一筆，我為你驕傲。作為同學，與有榮焉！」

他開懷大笑。在老同學面前，無須掩飾自己的真情。

「中國人才濟濟，這麼好的事，怎麼落在你頭上了？」我好奇地問。

「一言半語，難以解答這個問題。我是一步一步走到今天的。」

他說，自己遇上了從事建築設計的黃金時代。尤其在他當選院士後，適逢城市大建設，教育大發展，他主持團隊設計的專案接連不斷。對每個中標項目，他們都認真研究和創作，建成後獲得不少國家和省部級獎項。他本人另獲得國家首屆梁思成建築獎，當過兩屆全國政協委員，擁有全國勞動模範、全國模範教師、南粵傑出勞模、建國 60 周年「十佳具有行業影響力人物」等一系列榮譽稱號，並擔任中國建築學會副理事長、國務院學位委員會建築專家評議組召集人。在建國 60 周年中國建築學會評選建國以來 300 個建築創作大獎中，他主持設計的專案有 13 個獲獎，其中 11 項是他當院士後設計的作品。

凡此種種，可見他的專業實力何等雄厚。

　　古羅馬建築學家維特魯威說：「哲學可使建築師氣宇宏闊。」通過工作實踐，他深切地體會一個建築師，首先要有一個正確的思維方法，這是最根本的基本功。

　　他說：「建築是一門交叉學科，涉及技術、藝術和社會方方面面，既要具有 1+1=2 的邏輯思維能力，又要學會可能 1+1≠2 的辯證思維方法。設計過程本身就是一個優選的過程，不但要善於學會抓主要矛盾，還要善於區別不同階段有不同矛盾和重點，先考慮什麼，後考慮什麼，從整體到局部層層展開，不要顛倒主次先後關係。另外，建築設計由於時間、地點和條件的變化必然有所不同，建築師的思維要靈活，要樹立變化和發展的觀點，對過時的東西要敢於自我否定，只有這樣才能向前發展，設計才會創新。這些都是建築師需要掌握的創作哲理。」

　　從實踐經驗中，他總結出「二觀」、「三性」相結合的建築設創作理念。所謂「二觀」，即整體觀及可持續發展觀；所謂「三性」，即地域性、文化性和時代性。對每一個重要專案，他還都要求達到「三到位」，不但要有優秀的設計，還要善於總結經驗，在科研和理論研究上也要有所建樹。所以，他不但是建築設計家，也將建築設計作為科研專案，在理論上不斷創新和發展。同時，他還是位優秀的建築教育家，為中國建築事業作育英才無數。

　　如此這般，鏡堂邁著堅實的步履，腳踏實地，走向自己平生最光榮的使命。

二、傳統基石上的現代創新

2007 年 4 月 25 日。鏡堂永遠忘不了的日子。

這一年這一月的這一天，國家決定在全球華人中徵集 2010 上海世博會中國館的設計方案。鏡堂聽到這個消息後非常激動和高興，當即行動，設計了一個兼具有中國特色和時代精神、命名為「東方之冠」的方案投標。在同時投標的 344 個方案中，幾經研究，最後決定起用「東方之冠」和清華大學的方案，組成聯合設計團隊，由鏡堂任總設計師，下設三個副設計師，分別由清華，華工和上海民用建築設計院各派一名設計師組成。這個團隊，集中了京、滬、穗三地建築界的精英，分工明確，合作無間，開創了中國建築師合作的先例。「當我們的工作與全社會的需求一致時，就會激發出巨大的能量。中國館可以說是舉全民之力建成的。」鏡堂自豪地對我說。

中國館看似官帽，又如糧倉，還像我國古代建築裏的斗拱。是傳統文化與現代創新交融的結晶。

我問他，設計中國館的理念是什麼？

他說，傳統是穩定社會發展和生存的前提條件，但只有不斷創新，才能顯示出其巨大的生命力。沒有傳統的文化是沒有根基的文化，不善於繼承就沒有創新的基礎；而離開創新，就缺乏繼承的動力，會使我們陷入保守和復古。

「推動文化發展，基礎是繼承，關鍵是創新，這需要我們有超越前人的勇氣和激情，在吸收傳統文化精華的基礎上，不斷增強原

創能力。繼承傳統，立足創新，創作有中國文化和地域特色的現代建築是時代對我們的要求，也是當今中國建築師的歷史責任。」

「在資訊技術風暴推動的當今，世界文化趨同浪潮正席捲全球。在此大背景下，重視本國文化傳統，正確認識和對待現代與傳統、外來文化與地域文化的衝撞，尋找彼此結合的途徑，創造有中國文化、地域特色和時代精神相結合的現代建築，是當今中國城市規劃師和建築師的歷史使命。」

他認為，和諧觀是中華建築文化的核心。中華文明源遠流長，歷經數千年的盛衰、融合和發展，傳承至今仍然生生不息。中華先民在中原大地定居繁衍，頑強應對來自大自然的嚴峻考驗，順應自然環境的變化，使人與自然和社會融為一體，逐漸形成儒道互補的哲理思想，以及與之相配的「天人合一，師法自然，和諧共生，厚德載物」的價值觀，其核心觀念是和諧。

和諧的哲學思想在中國古代的大思想家中都有過精闢的論述。孔子說「禮之用，和為貴」，「君子和而不同，小人同而不和」。老子說「萬物負陰而抱陽，沖氣以為和」。荀子說「萬物各得其和而生」。董仲舒說「和者，天地之所生成也」。可見，「和」是指有差別的事物之間的平衡與統一，「同」是指無差別的事物之間的統一。和諧觀念認同世間萬物在保持相對獨立性、多樣性的基礎上，相互聯結構成事物的統一體，達到不同而調和的境界。認識和理解和諧觀首先應承認事物矛盾的存在，尊重差異，包容多樣，以辯證的觀點去分析和化解矛盾。和諧是一個動態的漸進的變化過程，舊的不和諧解決了，新的不和諧又會出現，事物總是在不斷出現矛盾，不斷解決矛盾的過程中向前發展的，和諧也是在事物發展的過程中動態實現的。和諧觀是中華

文明在政治主張、哲學思想、藝術審美和倫理道德各個層面的共同文化思想，也是中國建築文化的核心思想，這是中華文明寶貴的思想財富，也是我們從事城市規劃和建築設計的智慧源泉和價值取向。

中國傳統建築文化思想及其生成的建築元素和特徵，是城市發展中的中華智慧和寶貴遺產，也是我們從事中國現代建築創作可以借鑒的寶貴財富。

歷來世博會是世界各國人民交流文化思想，展示科技和文化發展成就，展望人類美好前景的盛會。2010 年上海世博會的申辦成功，得益於中國悠久的歷史文化和改革開放以來國力的強盛，這是第一次在發展中國家舉辦的盛會，也是一次中國人展示自己氣度、智慧和力量的百年盛事。

談得興起，沒等我繼續發問，就像在課堂上給學生講課似的，鏡堂話語滔滔。

他說，中國館的設計，面對「城市發展中的中華智慧」這個文化內涵極為豐富、特色鮮明的主題，他們反覆思考兩個問題：一個是如何包容中國元素展現中國精神，體現博大精深的中國文化特色；另一個是中國館如何順應時代潮流，與時俱進，表達當今時代特色和科技成就。中國特色和時代精神是中國館建築創作的兩個基本點。

中國歷史悠久，哲理清晰，文化內涵極為豐富，很難以一個具象的造型來概括。通常對一個國家的認識，首先是從這個國家提煉形成的「文化符號」中得出印象的，外國人看中國，也常常從代表中國的「文化符號」中去認識，例如從漢字、京劇、中國服飾、水墨畫、中國紅等「文化符號」中形成對中國的印象。

　　中國數千年歷史，有一大批國寶級出土文物，其中最有代表性的門、鼎、器皿、瓷器等造型精緻、藝術高超，是世界級文化精品。

　　中國的城市規劃、建築、園林，更是特色鮮明，獨樹一幟，這些都構成中國輝煌的文化藝術遺產。

　　我忍不住插問：「世博會中國館已建成開放，它騰空而起，氣勢恢宏，予人以泱泱大國氣勢，贏得一片讚譽聲。作為一個中國人自己設計的世博會核心建築，它對中國建築界意味著什麼？對中國建築之路有何啟發？」

　　「這次世博會總結了全世界的文化技術和科學成就，各國都用不同的管道來表現，一些文化歷史比較悠久的國家，比如中國，是難得的向世界表達自己文化的機遇。但是這種表達必須用現代手法來完成。有些國家，比如泰國，歷史文化特殊，也用文化來表現，這算一種類型。西方國家則多用高科技來表現，宣揚本國這方面的成就。還有一種類型，展現現代人的生活方式，宣揚自由、豐裕、休閒等生活狀態。總之，各國皆用最適合的方式表現自己。」他說。

　　有人懷疑中國館有些抄襲日本的光明寺。對於這個疑問，鏡堂表示，他不知道日本有光明寺。它建在哪裏，什麼時候建的，自己很想看看它們的設計圖。「其實不管人家怎麼評說，中國館的設計是有根有據的，都來源於中國文化。日本的建築也來源於中國文化，唐代時傳過去的。若說它們都像斗拱，如果追根求源，其實還是中國的東西。那是他們學中國的。當然，斗拱是中國建築的精髓，已成為一個世界認同的文化符號，別人也可以用。就像金字塔是埃及的東西，但並不能說其他國家就不能用，貝聿銘就用過。英國館

的亞克力架手法也與北歐一個建築一樣,但不能說是抄襲,提意見和建議的人,最好先瞭解我們的創意是怎麼來的。」

中國館的設計,從中國傳統的和諧觀哲學思想中,從表達中國「文化符號」中,從國家頂級鼎冠文物造型中,特別從中國傳統城市,建築和園林中綜合領會,整合,提煉,以現代材料,加以環保理念,通過空間立體構成「東方之冠」的建築造型,體現中國哲理思想,整合中國元素,融匯現代科技特色,表達中國文化精神。

我決心把自己當成小學生,提出許多具體問題。鏡堂不厭其煩,向我這個大外行,詳解了中國館主要部位的建築意象所象徵的含義。我將之簡略歸納如下,與讀者分享:

◎華冠矗立天人合一

國家館騰空升起,居中矗立,成為凝聚中國元素、象徵中國精神的雕塑感造型主體;地區館以舒展的平台基座形態映襯國家館。國家館與地區館功能上下分區,整體造型主從呼應,隱喻了中國傳統天人合一的哲學思想。

◎剛柔並濟盛世和諧

國家館剛直挺拔,雄偉壯麗,大國氣度雍容顯現;地區館建築輪廓依地形而生,柔性,親民。架空升起的整體形態整合出不同標高、連續的城市公共活動空間,展現一個屬於城市服務大家,面向世界的中國盛世和諧舞台。

◎經緯網路主軸統領

總體佈局吸取中國傳統城市構成肌理的特點，因此就地，整合南北綠地，協調世博園區主軸線規劃，形成坐北朝南，縱橫建構，主軸統領的整體格局，體現了中國經典的建築與城市佈局的智慧。

◎傳統構架現代權威

國家館的空間構成抽象於中國傳統木構架的營建法則，以縱橫穿插的現代立體構造方式，建成一個邏輯清晰，結構嚴密，層層懸挑的三維立體空間造型體系，在繼承傳統建造思維的同時展現出現代工程技術之美。

◎斗冠鼎器華夏意象

騰空升起的整體形態使國家館主體形象壯觀大氣，並讓公眾對中國的斗拱，冠帽，禮器「鼎」等傳統器物建立起某種聯想。四組巨拄托起上部展廳所形成的巨構空間成為一個提升人類精神的體驗場所。

◎中國之紅和而不同

紅色在不同有歷史時空中呈現出多元的審美表達，中國館的紅以有微差的四種紅色組成莊重大氣的整體效果，以及紅色印象和風格的佈局延伸「中國紅」的內涵，並由上到下通過漸變的手法由深到淺，以增加建築整體的層次與空間感。

◎疊纂文字現代轉譯

地區館建築外牆利用金屬百葉有規律的拼合方式，類比由二十四節鐫刻的疊纂體文字，文明的密碼得到傳達繼承，中華人文歷史地理資訊得到現代轉譯。

◎城市花園園林萃集

地區館屋頂花園立意於圓明園九洲景區之形制，繼承我國「園中園」式的集萃園林傳統，以碧水環繞的九個島嶼象徵疆土之廣，分佈於其上的不同景觀代表山河之瑰麗。

◎經典再現茹古涵今

國家館的展示設計以過去，現在，未來的方式展現「城市發展中的中華智慧」充分呼應 2010 上海世博會的「城市讓生活更美好」的主題。地區館將為全中國 31 個省、直轄市、自治區提供展覽空間，展示出中國多民族的不同風采，以及各省，直轄市，自治區的發展成就。

時至今日，世博會已經走過了 158 個春秋，一個半世紀的積澱，世博會歷久彌新，激發了人類創造物質財富的積極性和熱情，留下寶貴的精神財富。中國館是上海世博會一個面向世界展示中國的大舞台，展現了中國的光明遠景。

與老同學、總設計師鏡堂相聚歡敘，他的一席話，讓我對上海世博會中國館的讚美不僅不再盲目，更添肅然起敬。

作者夫婦與何鏡堂

兒時三劍客，50年後喜相逢。左起：黃榕發、尹浩鏐、何鏡堂、何太太。

莊教授的故事

一

　　莊希文教授來自台東。是我在台灣大學時的學長，但不在同一個系。他讀農學生物系，我讀醫學系。他畢業後來美國進入柏克萊加州大學，拿到博士後留校任教五年。轉來伊大從講師、副教授、教授晉升到系主任。如今已是六十開外的人了，還是活潑頑皮得很，一旦有空就邀我打網球下圍棋。網球我打不過他，可圍棋他卻是我手下敗將。一個星期六下午，我們打完網球正坐下來喝茶時，他突然感到胸口部疼痛，臉色難看得很。

　　「以前常有胸痛嗎？」我問。

　　「最近半年常感胸口作悶，有時隱隱作痛，休息一會兒就好了。我一向不在意，只是最近發作厲害些，人也容易疲累。」

　　「有找過醫生嗎？譬如心臟科醫生。」

　　「有的，曾作過心電圖、超聲波、核子醫學檢查，都屬正常範圍。那時恰巧你回中國大陸講學，所以沒有去找你。」

　　「看來你不像是心臟方面的疾病。要不要我帶你到醫院去檢查一下，希望沒有什麼毛病。」

　　我們的車開到醫院，替他照了一張胸部 X 光片。發現右上肺有一個 1 公分大小的陰影，邊界不太清晰，沒有鈣化點。再找來一張去年拍的照片，一對比並沒有這塊陰影。我嚇了一跳，不敢馬上告訴他，只安排他作一次電腦斷層切影。反正是星期六，整個 X 光部門只接受急診病人，所以機器有空，找來技術員，我親自給他操作。

　　結果，電腦裏顯示，那陰影邊界模糊，指數低，仍未找到鈣化點。立即安排進一步作活體組織檢查。我在電腦操作下用穿刺針從胸腔外皮膚插入肺部塊影中取下一片組織，用福馬林液固定，即刻送病理科，找到病理科值班醫生作成切片，他在顯微鏡下一看。

　　「不得了，實之，快來看！」

　　我知道情況不妙，定眼一看，只見顯微鏡下佈滿巨形癌細胞。不等組織培養的結果，決定馬上打一個電話找莊教授在三藩市開業的內科醫生女兒露西，告訴她父親病情及檢查的結果。簡直把她嚇壞了。

　　「實之叔叔，你看我爸還能活多久？」

　　「奇怪，你是內科大國手還來問我！」我半開玩笑地說。

　　「實之叔叔，不跟你開玩笑，你說我應該怎麼辦？」

　　「不怎麼辦」我說「我看你爸是患了肺癌中最兇惡的那類。雖沒有擴散到肺門淋巴結，但是胸腔已有少量積液了，恐怕來不及開刀了。」

　　「請馬上抽點胸水出來化驗，看看有無癌細胞？」

　　「我已通知外科醫生，那傢夥還未到……」我的話還未說完，有人在我肩膀上大力壓了一下。

「你說誰是那傢夥？」一說曹操曹操就到。

「你說呢？已經過了兩點了，你老兄大駕才到……」

「你不是正在忙著嗎？我又給你浪費了多少時間了？」

「不跟你鬥嘴了，快抽點胸水出來，拜託了。」

他抽出的胸水是暗紅色的。其實我早已知道，從斷層切影檢查胸水時的低指數已知凶多吉少了，檢查也只不過想證實一下而已。

胸水在顯微鏡下看到癌細胞，當我把這個消息告訴莊教授時，他倒還鎮靜，馬上又接通露西電話，三人電話中決定立即送莊教授到加州史坦福大學醫院治療。這裏是全美有名的治癌中心。又靠近露西，方便就近照顧！

可是莊教授的病情急劇惡化，連坐飛機都支持不了。只好住入我們醫院，由我的朋友，癌症專家溫森醫生主治，合併放射治療及化療。

莊太太早已哭成淚人。露西第二天從加州趕回來陪伴爸爸。

星期一早上剛上班，祕書轉來一個電話。

「哈囉，我是邦平律師，不知你有空講幾句話吧？」

一聽是律師，我倒抽一口冷氣……遇到瘟神了。

「我很忙，有話請快講」我沒好氣地冷冷地回答。

「是有關你的朋友莊教授的事。」

我莫名其妙，想不清他為什麼打電話給我。

「他女兒回來了，他的事應該由她處理。」我說。

「我已跟她講了一個小時了，但沒有結果，所以來找你商量。」

「是什麼事呢？」

「莊教授告訴我，他年輕時在加州讀書時有吸煙的習慣，我想他現在的肺癌一定和他吸煙有關。所以建議他去告煙草公司，但……」

「但什麼呢？」

「但莊教授不願意，也不講話，後來我和露西商量，結果被她訓了一頓，還把我……」

「把你怎麼樣？」

「她罵了我一頓，還說她爸抽煙已是三十多年前讀書時的事。只是在準備考試時為了抒解精神緊張偶而吸一下，不可能因此就得了肺癌，她還說……」

「還說什麼呢？」

「她還說現在她為她爸爸的病已經傷透腦筋，不想花時間去想旁的事情。我說我已準備好控告煙草公司的資料，只要她代表她爸爸簽字便可，沒料她不聽便罷，一聽之下就大發雷霆！還說了一些很難聽的話！」

「她說了什麼？」

「她說美國都給我們這些吸血鬼害死了，害得許多大公司做不成生意……她還說：我又不知道她爸爸以前抽什麼牌子的煙，就連她爸爸也都早已忘記了！我這樣隨便找一間公司來告，叫她爸作假證供，她說她才不會做這種傷天害理的事呢！」

「你怎麼說了？」我好奇地問。

「我說若你們都不告，煙草公司繼續製造煙來害人……。不料她打斷我的話，她說：就算你們把全美國的煙草公司告到關門大吉，抽煙的人可以買從加拿大，墨西哥偷運來的私貨。那時國

家的稅收沒有了，煙農的煙草賣不出去，而美國的錢流到外國去了……」

「你怎麼說呢？」

「我說我們可以告到加拿大，墨西哥去呀！」

「她又怎麼說呢！」

「她說加拿大不談，墨西哥的法律可不是你們律師定的，他們不聽你那一套。我說美國的法律也不是我們定的呀。」

「她又怎麼說呢？」

「她說那些國會議員還不是由你們這些律師群裏選出來的，也只有你們才能選得上！」

「這倒是真的！」

「連你也這麼說？」

「可不是，因為只有你們天生會說假話騙人，那些糊塗老百姓才會投你們的票。明明國家只有一塊錢，你們可以告訴農民說給他們五毛錢，工人五毛錢，學生五毛錢……，總共加起來要十塊錢，反正聽話的人多，有思想的人少，你們當選了，還不把法律定的對你們有利，反正一旦有一天他們落選了，他們再回去做律師呀！」

「實之大夫，我們不是這樣的，我們是保護老百姓不受那些奸商害呀！」

「不談這個了，露西還說了些什麼？」

「她說如果人人都受我們擺佈，總有一天出車禍的人告汽車公司，飲醉酒的人被罰也去告製酒廠……，弄得所有生意都關門大吉，我們都要移民去非洲吃蒼蠅了！」

「所以她不肯替她爸爸簽字了，那麼為什麼不找她爸爸或她媽媽簽字呢？」

「官司打下去要很長時間，她爸不會拖得那麼久的。她媽說，她拿不定主意，叫我去和露西談。」

「你花那麼大的勁，為何而來呢？」

「保護老百姓呀！」

「好呀！請你老實告訴我，你要求煙草公司賠償多少呢？」

「一千萬。」

「你拿多少？」

「50%」

「你告訴她了嗎？」

「有的，可是……」

「可是……」

「可是她一聽見這話兒，就下逐客令，把我趕了出來。還說，她會通知醫院不准我再去病房找他們！」

「所以你就找我來了？」

「對了，我想你們做醫生的一天到晚看著那些被吸煙害到得癌症的病人一定會幫助我們制止那些煙商繼續害人！」

「我們都希望別人不要吸煙，但不能說煙草公司鼓勵人吸煙，你難道不知道每包煙上都寫明吸煙有害健康的嗎？假如病人堅持自己吸煙，那麼又與煙草公司何干呢？對不起，你找錯人了，我的見解和露西一樣……她也是醫生呀！」

二

　　莊教授終於死了，從發病到死亡僅僅四個月。葬禮剛完畢，那瘟神邦平律師又找上門了。

　　「實之醫生，現在全美國有三十九個州的司法總長聯合起來控告所有的煙草公司，要求賠償一千億美元。」

　　「什麼，集體控告嗎？根據什麼？」

　　「州政府一大筆預算都花在治療那些領取醫療補助的癌症病人身上，所以州政府要煙草公司賠錢！」

　　「由誰發起的？」

　　「先由大約十個州開頭，其他的州也隨後跟進，由一個私人律師事務所總負責……。」

　　「有多少律師呢？」

　　「詳情我也不大清楚，大約 5-10 位律師之間罷。」

　　「假如勝訴了，錢怎麼分配呢？」

　　「好像是律師拿 30%，州政府拿 70%」

　　「你算一下，10 個律師拿 300 億元，1 個可得 30 億，你算一下，要多少時間案子才能完結呢？」

　　「大概兩年。」

　　「兩年 730 日，每個律師一天便可得 410 萬元，一個大學教授一輩子也拿不到那麼多錢。」

　　「假設不勝訴，那麼一分錢都拿不到啊！」

「那麼為什麼還要做呢？」

「他們估計有那麼多州的司法總長參與，一定會勝訴的！」

「這麼的話，你不是落空了嗎？」

「並不一定，我們還可以個別控訴的。」

「你以為煙草公司是印鈔票公司嗎？」

「他們可以加價呀！反正錢是他們從抽煙人身上榨出來的！」

「我能幫你什麼忙呢？」我有點不耐煩了。

「還是那一句話，勸說露西代表她死去的爸爸簽字，保證她只須簽字，其他的事一概由我們包辦。」

「我們？……除了你，還有誰呢？」

「當然有許多協助我們的人。」

「好了，我很忙，真對不起，幫不了你這個忙……，我們中國有一句老話，叫做己所不欲，勿施於人！」

「這是什麼意思？」

「意思是說大凡你自己不願接受的東西，不要送給別人。」

「它與我們這個案子又有什麼關係呢？」

「關係可大啦！這句話深一層意思是凡事要從別人的立場上去想一想。譬如，你當了煙草公司的老闆，不管你在煙盒上寫上吸煙有害健康的警告，那些癮君子還是吸了，一旦得了什麼毛病，就要你賠錢，而且多半都不是病人的本意，卻被律師牽著鼻子告你狀的，你會怎麼想的呢？」

「我絕不做製造煙的生意！」

「好！假如你是製造人工乳房公司的老闆，有一天發現有一位裝上人工乳房的女人患上關節炎，經所有大醫學研究所均證明人工

乳房與關節炎全無關係。那些律師竟然有本事聳動陪審團判決你要為她的關節炎負責任，要你賠償超過你公司總值的龐大的費用，你又有何感想呢！」

「不可能的，怎麼陪審團會那麼糊塗！」

「敬愛的律師先生，他們本來並不糊塗，而是被你們的嘴弄糊塗了，你不是經常看報紙或電視嗎？這就是前天發生的事，我們國家最大的製造人工乳房的公司宣佈關門大吉，就是因為這個原因呀！」

「我對這個案並不瞭解，沒有發言權。」

「那麼你認為對莊教授的案子瞭解透徹了是不是？他幾歲開始吸煙，吸的是哪種牌子的煙，每天吸多少支，吸了多久？三十多年來他曾有過什麼病狀？你又怎麼證明他的癌症就是因為他吸了幾支煙而致發生的呢？」

「醫學早已證明吸煙的人得肺癌的機會比較大對不對？但也不能說莊教授的肺癌肯定是從吸煙而來的呀，就如同走在路上被車撞倒的機會比坐在家裏的大，你在路上自己跌倒了，你就去告汽車公司了是不是？」

「這就說不清了。」

「說不清的東西你拿到法庭上去，是不是有違你們的立法精神了。」

「反正我要把這個案辦下去！」

「沒有家人簽字，你怎麼辦呢？」

「我可以等，等到莊老太太有一天回心轉意，不再受露西支配，她一定會簽字的……我真不知露西怎麼想的。」

「你是怎麼想的呢！」我明知故問。

「那還不明白，我當然認為她應該簽字讓我告下去。」

「為了什麼呢？」

「為了煙商不再製造煙危害百姓！」他理直氣壯地說。

本來律師說謊話，不值得大驚小怪，不過像他這樣說得理直氣壯，一副悲天憫人的樣子，實在令人討厭。

「我想露西會簽字的，只要你答應將全部賠款……當然連同她和你應得的在內全部捐給防癌中心的話。」我說。

「那怎麼成，我們合約規定是一人一半的！」還是理直氣壯的口氣。

我想世間厚顏無恥者，莫此為甚。但對他們這些人來說，謊話已經成為當然的真理。我原以為法律學院培養一批維護法律尊嚴的良心執行者，不幸卻恰恰相反，把人性的良心啃掉了，轉換成一種麻木不仁，只求勝和利，不講理和心者。本來拿謊話來騙人已屬可惡，而騙人不好騙，竟端出叫人一聽就覺得可笑的謊話來騙人，把人當作傻瓜白癡，這就更為可惡了……這簡直是用謊話來侮辱人了！

於是我說，我知道露西為什麼不肯簽字了。

「為什麼呢？」他迫不及待地問。

「因為她不想做傻瓜……被你用作搖錢的工具！我們中國人有句老話，那就是不義之財，吾不取也。這意思你是明白的，是嗎？」

看來他知道繼續講下去再也得不到什麼好處了，只好灰溜溜地走了。我望著他的背影，喃喃自語：「望老天爺保佑，不要讓我們善良的老百姓被他們這些害群之馬引誘，掉進貪婪的苦海中去！」

另一個白求恩

——記美臣（John E T. Mason, M. D.）醫生

美臣（John E. T. Mason，MD.）醫生，出生於加拿大英屬哥倫比亞省，國際名醫，1937-1970 在加拿大麥基爾大學（Mc Gill University）的皇家維多利亞醫院（Royal Victoria Hospital）任榮譽外科醫師（Honorary Attending Surgeon）。

美臣醫生是我最敬愛的人。他是一位慈祥的長者，把自己的一生無私地奉獻給了病人。1968 年春天，我認識他的時候，他已然78 歲高齡，卻仍然退而不休，把白天黑夜甚至節假日的時間全花在病人身上。他是外科學鼻祖亞奇波（Edward Archibald）的得意門生，從加拿大麥基爾醫學院畢業後，一直在皇家維多利亞醫院受訓及工作了將近五十年（中間曾在加拿大海軍服役，獲榮譽勳章），初任外科醫師，後任榮譽外科醫師。

我們都稱呼他美臣伯伯，記得在 1968 年春天，第一次見到他是在皇家維多利亞醫院我的辦公室。那時我是核子醫學第一年的住院醫生，因核子醫學是一門新興專科，我上無導師，下無助手，正所謂集主任、主治、住院、實習醫生於一身。為把工作做好，我得要苦學加苦幹，所以每天都提早一個小時上班，延遲兩個小時下班。

　　那是星期一早上七時，一踏進辦公室，只見一位滿頭銀髮神采奕奕的老人坐在我的辦公桌前，正翻看著我常念的、也是唯一的一本寶貝《核子醫學》（Nuclear Medicine）教科書。見我進來，他站起來很有禮貌地說：「實之醫生，我是美臣醫生，很抱歉，未經你許可便翻閱你的書，希望你不要見怪才好！」這位大名鼎鼎的老前輩，居然對我這個後生黃毛小子如此謙和有禮，讓我不知該說什麼好。他見我不作聲，便接著說：他有個病人，胸痛得厲害，連呼吸都有困難了，可能是肺動脈栓塞，「可否請你為病人作個肺部核子掃描。」我欣然答應，問為什麼不早點找我。他說，「那時已將天明，聽說你常常提早上班，與其叫人打電話把你吵醒，不如親自來等你，當面講比較清楚些！」他自己是資深名醫，但他說話時的語氣和對晚輩的態度卻好像是一個下屬面對上司般謙敬，令我十分感動。我馬上打電話叫技術員趕來醫院，並陪同美臣醫生上四樓外科病房。我們和護士一起把病人送到檢查室，放在伽碼攝像機床上。30 分鐘後檢查結果出來，證實病人右上肺肺動脈栓塞了。美臣醫生馬上做了緊急處理，包括靜脈注射罌粟鹼，這位還不到四十歲的病人的生命，就在美臣醫生，一個年齡比他大兩倍的老人手上挽救了回來。

　　有一天，我在醫院門口碰到他。冷風吹著，他把頭埋在半舊的大衣下，我走近他身旁，輕輕地說：「美臣伯伯，你的年紀不小了，為什麼不好好休息，還這麼操勞。」

　　他說：「已經養成習慣，每天看不到等著自己幫助的病人，心裏就不舒服。」聽說我是從中國大陸來的，便問我知不知道一個叫白求恩（Norman Bethune）的人。

　　「白求恩在中國幾乎是家喻戶曉，我哪能不知道呢。」

「你知道他是怎麼死的嗎？」美臣醫生問。

「不太清楚，好像是被毒蛇咬死的，又聽說是開刀時被弄傷，傷口感染變成毒血症去世的！」

美臣醫生聽了我的話後，面露憂傷，告訴我：「他和白求恩自1929年起在這裏共同受訓工作。他非常聰明，很有成就，很快就成為胸腔外科的權威。我們是很要好的朋友，不過性格不太一樣，我好靜，他好動，都很熱愛工作。我只想把這裏的病人治好，他卻放眼天下，總想去救治窮人。不久，他便去了西班牙參加反法西斯活動，發明活動輸血系統，還有他精湛的外科手術，救活成千上萬的傷兵。聽說後來又去了中國，還跑到窮山僻壤去救治窮人。」

「對，他去了中國五台山，做了中國共產黨八路軍的軍醫，初時打日本，他一天工作十多小時，救活了許許多多傷病患者，不幸以身殉職，壯年犧牲在中國解放區裏。毛澤東還鄭重寫了一篇〈紀念白求恩〉的文章，中國的老百姓至今仍懷念著他。」

見美臣醫生眼裏含滿了淚水，我心頭一震，不由想，歲月飛逝，人事滄桑，逝者已矣，生者何堪！便說：「白求恩大夫胸懷大志，雖埋骨異鄉，但在億萬中國人的心中，他是一個毫不利己專門利人，全心全意把自己奉獻給一個偉大事業的人。雖死無憾。美臣伯伯你也把一生奉獻給了病人，以醫院為家，把病人的生命當成自己的生命，以你的高齡，不在家享福，不去流連山水，而把自己有限的時光完全花在病人身上，你這種高潔的情懷，千秋萬世都長存在我們後輩人的心中啊！」他默然無語，沉浸在懷念老友的思念之中。

美臣伯伯走完了自己的生命旅程，他是死在病人身旁的，那時他正搶救一個心臟病發的病人，卻不幸自己也倒在了病人的身旁。

死於無痛性大面積心肌急性壞死，這種病是無先兆的。他的去世給
全醫院的人帶來無限的悲痛，他在每個人的心中是慈祥的化身。在
靈堂上我望著他的遺容──他是那麼安詳，像是一個沉睡中的小
孩，更像仁者的化身。我突然想起 Robert Frost 的一首名叫獻身
（Devotion）的詩：

> 心中想的是奉獻，
> 高於那海邊的堤岸，
> 守在那曲線上，
> 細數潮水的消長。

變童癖的下場

年輕英俊的小兒科醫生科恩開了一間兒科診所，診所內佈置得舒適活潑，贏得許多家長和患兒的好感，每天求診者絡繹不絕。他對漂亮媽媽的 2-3 歲小男孩服務得格外殷勤周到，親自開車接送，甚至把小病人留居在自己診所裏悉心照料。奇怪的是，這些小孩都有點怕他，總哭鬧著要跟媽媽回家，不肯單獨留下。

美麗的單身媽媽瑪琳達的三歲男孩小菲烈患了肺炎，科恩得知後，對她百般殷勤，千般阿諛，主動提出讓小菲烈留居診所由他免費治療和照顧。瑪琳達感動得熱淚盈眶，無功受祿，心裏總覺得有點不妥，但她無法請假又沒什麼錢，為了孩子的病，也只能讓科恩把小菲烈抱到診所去了。

在診所住了一晚的小菲烈回家後，行為有點古怪，很害怕媽媽替他換衣服，洗澡時總用手掩住下體。瑪琳達突然掠過了個奇怪的意念：莫非柯恩對小菲烈有性侵犯行為？她細心檢查小菲烈的下體，好像腫大了些，但又不敢肯定。

瑪琳達從她的朋友中列出有五歲以下男孩的母親名單，其中再找出由柯恩當兒科醫生者的電話，托辭為小菲烈舉行生日派對，邀請她們帶小孩前來參加。幾個女友帶著各自的孩子準時到了瑪琳達家，她抱歉地說：「並非真的舉行生日派對，我是冒著天大的危險來跟大家商量一件事的。」

　　女友們十分驚訝，聽她斷斷續續地說：「我知道自己的這個行動很危險，鬧不好會觸犯法律，但我必須要證實一件事情──我有一種不祥的感覺，或者是懷疑吧……我懷疑柯恩醫生對我們的小孩有性侵犯行為。」

　　女友們聽了瑪琳達的話後，七嘴八舌說出了自己同樣的疑心，她們都親眼見過科恩對自己的小兒色瞇瞇地親嘴、摸屁股、擺弄下體，行為極其噁心。

　　對小孩性侵犯在美國法律中是大罪，除非有確鑿證據，法庭不輕易接受這種案件。律師們素來對此類案件不大熱心，判決下來即使被告有罪也只是坐牢，鮮有大量賠款的，沒有好油水可撈。除非原告願意花大筆律師費。

　　太太們最後還是想出了辦法：柯恩好像對小菲烈特別有興趣，她們建議瑪琳達把小菲烈帶到診所，趁柯恩忙的時候，悄悄藏下一個無聲錄像機，再托辭要去超級市場，讓柯恩替他照顧小菲烈，一小時後再返回診所，設法取回錄像機，看看柯恩對小菲烈是否有性侵犯行為。

　　她們計畫得天衣無縫，也順利完成了。從頭到尾，錄像帶播出了柯恩足足玩弄了小菲烈一小時。按美國法律，未經本人許可私自錄像是不被允許的，更不能作為呈堂證據。雖如此，卻也足以證明科恩的犯罪行為。她們把錄像帶交給聯邦調查局。聯邦調查局精心設計，由一女探員冒充帶小孩去看病的母親，說孩子整天晚上吵鬧不肯睡覺。柯恩當即作例行身體檢查，他的所謂檢查就是對小孩親嘴，全身撫摸，玩弄下體。當他玩弄小孩的下體已有十分鐘以上時，探員亮出了身份證明，將他當場逮捕。瑪琳達和所有小患者的媽媽

們，全上庭指證科恩殘害小孩心理健康的醜陋行為。柯恩請了當地最有名的律師為他辯護，但在眾多證人齊聲指證下，陪審團終於裁定罪名成立，判他終身監禁，不准保釋。在美國，對兒童性侵犯行為比殺人罪還要重。柯恩本來是一個很好的醫生，妻子美貌，兒女聰明，卻為自己怪異的變童癖付出了昂貴的代價。我們亞洲人難以理解這種懲罰，柯恩是土生土長的美國人，應該知道自己犯的是重罪，還竟如此明目張膽，令人不可思議！

無牌墮胎專家

一

舊曆年底，我們一家正在吃團圓飯，電話響了，是小王從紐約打來的：

「實之兄，芝蘭剛從醫生診所打完胎回來，一直在出血，快要昏過去了，打電話去醫務所，說醫生釣魚去了，找不到，不知怎麼辦，只好在年夜求救老兄了？」小王的聲音在發抖。

小王是我多年的朋友，和芝蘭同居有好幾年了，兩人均在一間保險公司做事，就是不肯結婚，當然是不要小孩了。又不做好安全措施，懷了孕就去打胎，這已是第三次了，真拿他沒辦法。

我住在哈佛特，一來路遠，二來我又不是產科醫生，當然幫不上忙，只好說：

「快把芝蘭送去附近醫院急診處，可能子宮裏還有部份胎塊未弄乾淨……。」

未等我說完，小王打斷我的話：「到醫院不大方便罷，那居里醫生好像是沒有牌照的。」

「什麼！你找一個沒有牌照的醫生？他又怎能開診所？」我給弄糊塗了。

「他本來是有牌的，但不知什麼原故被人弔銷了牌照，現在偷偷地在家裏專門替人打胎。」

「你為什麼找他？」

「你知道我們沒有結婚……。」

「這不是理由！」

「居里說芝蘭已懷孕五個月，別的醫生不肯做的！」

「你們太糊塗了，簡直把生命當兒戲！」我怒不可抑。責怪他們又於事無補，只好說：

「快叫急救車去醫院，不然來不及了！」

到了醫院，芝蘭已休克，一邊輸血，一邊把子官內殘餘胎塊弄清，芝蘭住了兩天醫院，才把性命保住。

仍找不到居里，原來去千島湖釣魚去了！

醫院卻把整份病歷送交「紐約州醫管局」，對居里作詳細的調查。

二

因為居里在沒有醫生執照而行醫，這本身已是犯罪行為，為了搜集更多的證據，州政府屬下的教育部，聯合司法機關作了仔細的行動，他們派了一位懷孕五個月的女偵探到他的診所，亦是他的住

所，假稱要打胎，不需登記就被一位中年婦人，後來才知道是居里的太太，直接帶到居里的檢查室。

「你記得最後一次月經日期嗎？」他問（女病人）。

「大概五個月前。」

「月經都很準確的嗎？」

「是的。」

他叫（病人）躺在檢查床上，稍作檢查，然後叫（病人）取下尿液標本，證實是懷孕。

「你已懷孕五個月，墮胎是很不容易的，所以收費是很高的。」

「沒有作超聲波檢查，你怎會知道我有五個月身孕？」

居里顯得有點不耐煩：「超聲波是沒有經驗的醫生用的！」

「你有聽到胎音嗎？」

「有的。」

「胎兒是活的了，打掉活的胎兒，是合法的嗎？」

「只要你不說，誰知道胎兒是活的呢！」居里提高聲音，有點不耐煩。

「我男朋友知道呀。」

「胎兒都打掉了，他又怎能證明胎兒是活的呢？」

「如果出了事，你能負責嗎？」

「能出什麼事？」

「很難說的，譬如萬一手術後我還在流血，我又不能自己開車來找你，非要去醫院急救，我應該怎樣向醫院報告呢？」

「你放心！我在這裏開業多年，每天都做幾次打胎手術，從未出過差錯！」

「我說是萬一發生意外，我應該怎樣對醫院說？」

「那你就說自動流產好了。千萬不能說來我這裏動墮胎手術！」

「五個月才打胎，有危險嗎？」

「對沒有經驗的醫生，是有危險！由我來做，最安全不過了！」

「你的助手呢？」

「就是帶你進來的姑娘。」

「她是受過訓練的嗎？」

「當然！」

「麻醉醫師呢？」

「不需要，由我來做。」

「馬上做嗎？」

「不是，我得先放一些東西到你的子宮口上，是用來擴張你的子宮頸的，十二個小時後你再來，我就可以為你做手術，不過我們要先收費，還有，因為你懷孕已五個月，所以我們要加倍收費，總共二仟元。」

「沒問題。」說完女探員將一疊作了記號的百元鈔票交給居里，同時傳達暗號給藏身在附近的聯邦調查局探員。而全程對話，亦由女探員身上暗藏的錄音器作了記錄。

居里被正式逮捕了。

三

　　居里的父親是醫生，因醫德敗壞成了所有醫院的拒絕往來戶，行不了醫，只好把希望寄託在五個兒子身上，無奈他們資質有限，入不了美國醫學院，只好花錢在墨西哥的三流醫學院捐了五個學位，五個兒子先後在墨西哥拿了醫學學位，再回美國一些二流醫院接受專業訓練，大哥是神經外科，二哥是骨科，居里是老三，做婦產科，老四做放射科，老五是整形外科，都是最熱門高收入的科系。

　　不過除了居里，他們幾兄弟還算得上是好醫生，居里本來也不錯，但喜歡賭錢，一來精神透支，二來缺錢，既沒精神又要多作手術，而且還有酗酒及吸毒的壞習慣，常在酒精及毒品的影響下工作，這就更容易犯錯了。

　　十二年前他做完駐院醫師，亦考取了紐約的行醫執照及專科資格，先去斯坦利島開業。一天，一個名叫布朗的年輕女黑人來到他的診所要求墮胎，居里檢查布朗女士之後在她的病歷上寫著她懷孕六個月，但聽不到胎音，他診斷是「死胎」，沒有經超聲波檢查證實，立即進行墮胎手術。

　　手術在附近的一間醫院的門診部進行，在一位麻醉師的協助下，他把一條透明軟管放入病人子宮內，管的另一端接連著一個吸引器，然後居里開動吸引器，胎兒組織變成碎片從子宮壁上被抽出，但胎兒的頭卻未能吸出，居里只好用鉗子放入子宮內希望能將胎頭取出，但因用力過猛把子宮捅穿，病人大量出血，在此情形之

下，他應該立即停止手術，送病人到醫院開刀房進行剖腹開刀縫補子宮並取出胎頭。但居里卻把子宮強力拉下到陰道內企圖修補，卻不幸把子官拉成碎片，還把周圍組織及膀胱都弄穿！

最後，在麻醉師的勸導下，居里同意將病人送到醫院開刀房，由外科，產科及泌尿科醫師、麻醉師、開刀房工作人員組成的搶救小組進行輸血並剖腹急救，發現病人腹腔內出了有 3000cc 的血，經不斷輸血及五小時的手術，才把病人搶救過來！

布朗太太想找律師控告居里，但沒有一位律師肯接受替她打官司，原因是：居里沒有醫療事故保險，而且在他私人名下沒有可觀的財產，律師看撈不到油水，絕不肯做虧本生意！倒是醫院門診部及那麻醉醫生和布朗太太作了庭外和解，各賠十萬元，而元凶卻逍遙法外！

聯邦調查局從他用的藥房那裏，搜查到大量由他開出的而由他自己購買的可卡因，因他沒有賣給別人，不構成刑事罪，但間接證明他的吸毒！

「州醫學檢查委員會」為此案例作了結論：居里醫生行醫失職，草菅人命，判斷及處理醫學能力遠低於基本水準，同時可能在毒物和／或酒精影響下工作，為此，他們對居里作了下列處理：

監管牌照一年，若在監管期間再犯錯誤，會考慮停牌。

取消毒物處方資格。

每星期作尿液毒品檢查一次，血液酒精含量一次，若被發現在酒精或毒品影響下處理病人，則永遠停牌。

繼讀作強迫性醫學進修，一年內需參加醫學進修會議 200 小時。

四

　　居里在這一年內倒是循規蹈矩，居然未出大差錯，同時亦想辦法買醫療事故保險，可惜沒有一個保險公司願意保他，這一年中，他小心作事，不飲酒，不吸毒，一年總算平安渡過。但他能改嗎？

　　就在第二年頭一個月，一位叫克麗絲丁的廿二歲、來自墨西哥的年輕女郎到他診所看病，說每次月經前後下腹部疼痛，他送她去一個放射科醫生那裏作盆腔超聲波檢查，報告結果是右邊卵巢處有一個兩公分大的，極可能是生理性的良性囊腫，建議兩星期後再作超聲波檢查，如果是良性的囊腫，會隨月經週期變化而自動消失。這本來是一個普通的生理現象，囊腫會隨月經週期內分泌的變化而破裂，破裂前後病人會有疼痛現象，放射科醫生為安全起見，還建議兩星期後再作檢查以證明它會消失。不料這位仁兄，好像是一位從未受過專業訓練，而又不聽話不信邪的老頑童，卻安排病人開刀把卵巢割除。倒是那放射科醫生接到消息，開刀前跑到手術房，硬把居里拉出來辯論。

　　「居里醫生，你有接到我的報告嗎？」

　　「有的，不過我覺得還是開刀把它割掉安全些。」

　　「一個廿二歲的病人，而超聲波看來是良性的生理性囊腫，你怎會想到會有什麼危險呢！」

　　「我還是不放心。因為萬一是惡性的話，我負不起這個責任！」

　　那放射科醫生早知這位仁兄的糊塗混帳歷史，知道他的不可理喻，再辯論下去於事無補，只好說：

　　「如果你堅持要開刀，而術後組織病理檢查是良性的話，病人將會告你，而我和醫院都會連帶被告，我不能不向病人家屬先作聲明，說明我反對開刀，不是為了逃避責任，更是為了病人的福祉！」說完便走了，立即去找病人的家屬。

　　但已來不及了。等到那放射科醫生找到病人家屬時，克麗絲丁右卵巢已給居里割去了！

　　病人及家屬怒不可遏，當然又是一場醫療官司，居里在多方證人的指證下無所申辯，可惜病人拿不到他的錢，因為他既無保險又早已宣告破產，如往常一樣，還是醫院倒楣，給病人賠了一筆不小的數目。這樣一來，醫院取消了他的醫院使用權，「州醫學檢查委員會」決定永遠弔銷他的行醫執照！

五

　　看來居里應該改行了，但出人意外，他還在行醫，只不過把他的醫務所搬到自己家裏，外面不掛招牌而已，而裏面更無應有的設備，他專做一項手術……墮胎！

　　「州醫學檢查委員會」曾接到不少電話，說居里家裏經常有不少看來懷孕的年輕婦女出入，但他們未探取任何行動，直到芝蘭幾乎命喪黃泉！

　　居里犯的是刑事罪，由聯邦法院檢察官提出控訴，罪名是無牌開業。

　　加上他的罔顧病人生命安全，行醫低於基本醫療標準並向病人說謊，行醫不作記錄，企圖毀滅證據，非法對超過三個月的胎兒墮胎等等，聽來簡直令人不可思議，好像他不是一個受過正規訓練的醫生，而且是一個落後部落來的巫醫。他的罪責，其中只要無牌開業一項，若是罪名成立，便可判四年監禁，芝蘭及布朗和克麗絲丁都希望將居里繩之於法，但她們都失望了……居里只被判守行為一年，這一年過後，他將會去別一州繼讀無牌開業！為什麼不做呢！大不了被抓起來，再守行為一年罷了，說不定，如果將來那一個倒楣的病人來自非洲或什麼的，他連守行為都免了呢！

　　布朗太太還希望得到民事賠償，但她終歸又是失望了，她到處奔走半年，仍找不到一個肯接受為她控訴的律師，因為居里早已將財產藏起來後，宣布破產，待五年破產期限過後，居里可拿回一些不動產包括房屋、汽車和已被法庭凍結的少量儲蓄，但還不夠還他的律師費呢！而且法庭早已判決：所有他的財產得先交律師費、再次是居里家人基本生活費，連他的家人都無法生活，試問會有哪一位律師會接受布朗太太的要求呢！

夢園愧憶

一

玉，今天是我的生日，孩子們已經來過電話：祝我生日快樂！令我感到寬慰。使我奢望地想起過去每到這一時刻，你總是為我買回一個大蛋糕和一束玫瑰花放在桌上，然後點燃蠟燭，讓我閉上眼睛許願⋯⋯在那昏暗的燭光下你的臉龐總是表露出淡淡的微笑。七月的天氣裏，窗邊吹來陣陣的清風，帶來一種溫馨家庭愛的感受。如今物轉星移，我們分開了已快七年。這七年來，我仍然無時無刻地想念你，想念著那間曾經是我們共有的已有二十五年歷史的老房子。房前是一片綠油油的草坪，房後有一個大園子，那裏有你手植的那棵梅樹，想那株樹依然無恙？在遊廊下台階旁種著的杜鵑花和丁香花是否還在有默契似的陸續開放？記得它們每年等不及梅花退位，一聽到春天的腳步，便光鮮亮麗地登場，千嬌百媚地把繽紛的色彩灑滿在後園的水池旁；沿著廚房拉開的玻璃門通往後園的石頭小路旁種的秋海棠、喇叭水仙和鬱金香應是如雲似錦地開著吧？是否每年還在生長？由於後園子太大，秋天施肥、除草，掃除落葉，

冬天鏟雪清理勞動繁重，加上房子年久失修，屋頂漏雨，生活不便，我曾多次勸你把它作價變賣，你不肯搬出舊房，還說屋內的每件物品都要原位保存下來，便另買一所小一點的幽靜新屋居住，而你卻執於睹物思人，寧願把自己埋藏在美好的回憶往事之中。女兒們的房間裏掛滿了她們喜愛的物品和追星畫像，留著讓她們放假時回來居住。寫到這裏，此時我的眼睛已模糊，眼鏡被淚水浸濕已無法繼續寫下去了。我只想念李煜的一首辭給你聽：

> 無言獨上西樓，月如鉤，寂寞梧桐，深院鎖清秋。
>
> 剪不斷，理還亂，是離愁？別是一番滋味在心頭。

二

　　玉，你還記得嗎？記得我們初次見面時的情景嗎？1960 年秋天，我在中山醫學院附屬醫院當實習醫生時，你帶著一位親友到醫院看病，我們在醫院門診部碰的面，經介紹才知道你是我們本城最有名望的一位醫生的女兒，名門閨秀。五官勻稱，楚楚動人，口齒俐落，富於愛心，透著一股迫人的靈氣，穿著一件連衣裙，算不上華麗，但也入時，淡雅，屬於那種有教養的女孩子之列，我們除了談些有關你親友的疾病話題外，沒有更多的交流，在我腦海中你只給我留下了一個美好印象。況且，那時我被政治風暴圍困，身負著沉重的政治包袱，又有一位深愛著我，肯自願為我分擔恥辱的戀人為依託，對於這種美好的印象也就不太在意了。當時更多在意的倒

是自己的政治生命中的不幸遭遇，那時我是右派分子，任何人都可以責罵我、批評我，簡直壓得我抬不起頭，直不起腰桿。人家叫你做什麼就做什麼，那倒也簡單。心裏在想，既然母親把我生下來到這個世界上，我要想什麼，別人就管不住了，世上的山河花草那麼美！親情、愛情、友情那麼美！唐詩、宋詞、元曲那麼美！莎士比亞、拜倫、雪萊那麼美，我一定要站起來活下去，你不讓我好好活，我偏要好好地活！就像漫漫黑夜中的一位趕路人，雖在溝溝坎坎暗生的荊棘、沼澤道路偶而跌倒，但在浩瀚的天際有一雙關切的眸子在凝視著我。一縷星光溫暖著我，一顆燦星給我導航、給我激情，也給我自信。就這樣並不平靜地一天天地熬了過去，等到大學畢業。我被分配到中國西北的寧夏回族自治區一個僻遠的礦區小城工作，由於條件艱苦，體力不支而病倒。因懷念老母和親友心切而回到廣州療養。又重逢我的初戀情人，為了填補母親的心願，忍痛割愛，違心地劈開了與我多年相隨相伴牽手的鎖鏈，這樣的放手，是人世間最悲涼的情景，是一種淚乾心碎錐心之痛呀！曾經牽過手的，燈火闌珊處的那個人，到了放手之後，我是多麼的珍惜與懷念！

在我悲痛與絕望之際，偶然的機會卻又與你重逢，那是一個星期天，天下著濛濛細雨，我獨自走在珠江岸邊，濃密的大榕樹下，你還記得當時的情景嗎？隨後我們兩人邊聊邊走到了附近的文化公園看了一場象棋比賽。其間，我們談些日常雞毛蒜皮的事。至於我心中的祕密，是苦，還是樂？是悲，還是喜？只有我自己知道。後來我們各自在小店裏吃了一碗沙河粉，坐公共汽車到了東湖，雨後放晴，一池碧綠的湖水泛起一陣陣漣漪，一對對，一雙雙潔白羽毛的水鳥，在金光閃耀的夕陽中忽上忽下地在水面上飛翔。它們是

在哺食還是在相戀？不得而知，從你的眼神中表露出一種入神狀態，整個人的模樣變得更加明亮照人，卻仍保留著一點稚氣，紅潤的蛋臉，大大的眼睛、高聳的胸脯，細長的手指，楊柳的腰身和善解人意的語態，深深地吸引著我。瞬間你把臉突然轉過來依靠在我的胸前，羞答答地細聲地問我。

「實之，你愛我嗎？」

我當時心裏正在發愣，一時不知如何回答是好。被突如其來的天真、直率而感到心臟在砰砰直跳。在彷徨迷茫之時，你突然把我推開，噘著嘴，大聲叫著：

「算了，不愛就拉倒，我們就此分手好了」，話尚未說完你人已跑遠了。我急忙追上去，從背後把你抱住，裝著生氣地說：

「假如有一個饑餓的人，有人送他一隻熟肥鴿，正想如何吃時，而鴿子突然變活起來飛走了——你看他應該怎麼辦？」

「好哇，你竟把我當作肥鴿！」同時舉起了你的手，作勢要打我似的，一種小孩似的姿態，活潑、天真浪漫，激得我內心滾燙、沸騰起來。高興得一邊緊緊地抱著你，一邊口裏哼著紅線女的粵曲來，逗得你略略大笑，你那天真嬌憨而又惹人憐愛的狂態倒映在清澈的湖水裏，我對著湖水中曼舞的影兒笑著，卻又見你口中念念有詞，細聽之下，原來是一首劉禹錫的竹枝辭：

> 楊柳青青江水平，聞郎江上唱歌聲。
> 東邊日出西邊雨，道是無晴卻有晴。

三

　　玉，你一定會問我，我為什麼會回憶起這些？問我既然忘不了舊情為什麼又那麼狠心要離開你呢？你這是在懺悔還是為你自己贖罪呢？嗨，玉，現在我可以告訴你，晚上睡不著覺的時候，我常常迫使自己硬著頭皮回憶過去自己所做過的那些蠢事、錯事！為的是使自己清醒起來。固然這是很不愉快的，我常會羞愧地用被單蒙上自己的臉，好像黑暗裏也有許多人在盯著我瞧似的。不過，這種不愉快的感覺裏倒也有一種贖罪的快樂。以前你一年到尾廝守著那間大舊房子，買菜、做飯、洗衣、整理房間，照管孩子，在我每天上班前為我準備好早餐，和自己所愛的人生活在一起建立了十分完滿的家庭，是多麼地來之不易呀！只因某種元素不調而裂變豈不令我終生後悔莫及嗎？懺悔也罷，贖罪也吧，帶給我的是一種肝裂腸斷之痛！歷經一場核炸之變，留下的只有對人生的一次新感悟：愛默生說過：「人的一生，就是進行嘗試。嘗試的越多，生活就越美好。」也有人說：「人生就是在白紙上寫字，若用鉛筆寫，還可以擦掉，若用毛筆來寫，一經寫下再也擦不掉了。即使你在上面塗上了金顏色，也掩蓋不了上面的痕跡啊！」我在漫漫人生路上走過多少曲折、坎坷和溝壑，在我的身後，留下一對浸過血的腳印，在我的身前，張開一雙流過淚的眼睛。腳印引我解讀往事，眼睛教我看透人生。因此，我才真正理解什麼是人生，人生這筆財富份量隨之也越來越重。我在生命

的拼搏中，可能是一位強者，但在情感交織糾葛的世界裏卻是一個懦夫！我既拋不開你，又另一段情，無論誰對誰錯，都是骨離不開皮啊！

這裏，我不得不告訴你的是，如果我不把過去的種種情懷和心酸往事說出來的話，我是一輩子不會安寧的。我也深知我愧欠你的事太多，欠你感情之債堆積如山。與其把它藏於心底，壓倒自己，倒不如把它一股腦兒傾吐出來痛快。為了贖罪也罷，自我解脫也罷，為了忘卻也罷，算作一次靈魂的洗禮吧！

玉，我還記得一次我們在廣州海角紅樓，雨中看荷花，坐在小教堂喝茶時，你對我說過一段至今我還記憶猶新的話：「我們這輩子活的太苦太累了，如果人生真有來世輪迴的話，我們還會做一對好夫妻，好好地活到白頭偕老啊！」頓時你讀了一首納蘭的蝶戀花：

> 辛苦最憐天上月，一昔如環，昔昔都成玦。
> 若似月輪終皎潔，不辭冰雪為卿熱。
> 無奈塵緣容易絕，燕子依然，軟踏簾鈎說。
> 唱罷「秋墳」愁未歇，春叢認取雙棲蝶。

這是納蘭的一首悼念亡妻時寫的辭。今天，我倆依然健在，你比我年輕，當不用我念這般淒涼的辭給你聽。可我的真意是即使我今生不能和你白頭偕老，我冀望我們來世仍可續前緣，做一對天長地久的好夫妻！

75

四

　　你可曾記得，那年我們一起越境偷渡去香港的一幕嗎？你因一時糊塗甩我而去住入親戚豪宅深院，過著飯來張口，衣來伸手的生活，但你不肯接受一位品學兼優的富家子弟張君的愛慕求婚的要求，走出花園洋房，捨棄榮華富貴、錦衣玉食的生活，重又回到我的身邊，跟隨一個前程未卜、孤苦伶仃的我一起到了台灣受盡人間疾苦與磨難。你節衣縮食幫助我、支持我讀完台大醫學院。為了紓解我的壓力，課餘之閑我們常手牽著手漫遊公園，郊外野遊。當我們一起融入了大自然的懷抱之時，一切的苦惱都會忘卻得一乾二淨。有一回我們在野外泛舟，突遭大風浪，在小嶼與白浪之間，我們乘著的疲乏小舟被巨浪衝擊、布帆被扯爛，舵把被擊碎，你脫下自己的外衣，披在我身上，緊抱著我，任小舟在巨浪中飄浮，祈求上蒼保佑我平安，卻沒有顧及自己。末了風平浪靜，但我的靈魂中不由的激起了一陣感慨的狂潮，我生何幸，得此紅顏知己！

　　你可還記得那時我們租的那間小屋，凄風漏雨的窮家，僅靠我微薄的獎學金、及賣一點小文章所賺的稿費來維生，你並不嫌生活寒苦，還要為政治前途擔驚受怕！試問，作為一位弱女子，如何經受得了那種苦難生活的折磨？倘若那時你毅然離我而去也是人之常情啊！我也絕不會去責怪你的，可貴的是你的心卻堅如磐石，寧肯為我守志不渝，猶如金子般的光輝。我想，那時若沒有你隨我身

邊無微不至的照料的話，替我分勞分憂的話，我可能早就從這個地球上消失得無影無蹤了，更談不上會有日後的什麼成就！

五

　　玉，面對困頓，歎息和抱怨，只能消磨人的意志，猶疑和畏縮只能助長一個弱者慣有的惰情。唯有受盡生活折磨的人，才會鍛煉自己的意志，有了意志，才會建立信心，有了信心，便會產生自信。要達到自信，必須努力勤奮。勤奮可以捕捉一縷星光，有了星光的指引，成功就不再是遙遠的事了。一九六七年六月由於命運的恩賜，我一舉考取了美加醫師甄別試，受聘加拿大都候斯（Dalhousie）大學醫學院當實習醫生，學院座落在哈利法斯（Halifax），一座美麗的大西洋岸邊風景如畫的城市。終於有了一次改變自己命運的機會，但是接踵而來的語言不夠熟練，日以繼夜的工作壓力，生活的孤單無依，百般地思念故友和親人，還要忍受不同程度的種族歧視等不良情緒困擾。常常翻閱放在我床邊的一本契訶夫小說選集來看，它是你在我將走出台灣前把它放進我皮箱底的。翻閱它從中得到許多啟示，使我想起「曾經滄海難為水，除卻巫山不是雲」。對於周圍的一些說不出來的是善意的願望或是惡意的閒話，也就淡然地一笑付之。

　　實習結束之後，我又考取了加拿大醫生資格和英國、香港的醫生執照。那時你仍在台灣的政治大學讀最後一年，你寫信來鼓勵我留在加拿大或回香港掛牌行醫，可我卻仰慕世界醫學權威弗里瑞

（Fraser）的名望。堅持去了蒙特利爾（Montreal）的麥基大學醫學院（McGill）師從他學習。你沒有反對，當你大學畢業後來加拿大，我們租用一間小小的公寓，因為受訓，我每月的薪金除了交房租和購買簡單的食品外，窮得連理髮錢都沒有，你堅持要去找一份工作賺錢補貼家用，終於在蒙特利爾銀行找到一份打卡工作。那時我們沒有車，你每天清晨冒零下 30 度嚴寒，步行 30 分鐘到銀行上班，晚上下班又步行回來，回到家裏時連耳朵鼻子都沒有感覺了，但你從沒有向我說一個苦字。當時麥基大學有許多香港來的醫生及學生。有一個叫小黎的女學生，因怕你辛苦，每次都替你買菜提回家裏。大家說你人緣好，活潑開朗，對人體貼入微，並稱呼你是「小天使」。有一次你誤會了我愛上那位香港女學生，你把她請到家裏來，隨後家裏又來了十幾位我們的朋友，每個人都指著我大罵！那位女學生一時嚇壞了，氣得我三天不跟你說話。後來你知道原來是一場誤會，才親自打電話向她表示道歉，還說要認她做你的妹妹呢！

以後，我們很快便有了第一個孩子。這是我們愛情的結晶，帶給了我們家庭的快樂，你辭去了工作，為了家庭生活的開支，我不得不每年趁假期到外地城鎮小醫院去做臨時醫生，把你留在家裏照顧孩子以及處理一些家事。而你從不讓我為家事操心，每天上班前，為我準備好早餐，晚上回來等我吃飯，呢子大衣破了，你為我縫補好，每次出門前怕我受凍，替我披上大衣，圍好領巾，還親自送我到公寓門口，一直望著我走到街的盡頭。有一次，時逢中國大年初一，蒙特利爾城大雪紛飛，氣溫降至零下 40 度，你害怕我走路上班會跌倒，堅持扶著我從家裏走到醫院，然後去圖書館看書，

一直等我下班陪護我走回了家。我們是因愛情而結婚，因患難而相依為命，我們生活裏充滿著和睦、融洽與幸福。偶爾，我們也到尼亞加拉大瀑布遊玩，雖然它的名氣很大，但比起中國的桂林山水來仍遜色一籌。有時我總對自己說：一粒種子要長成一棵大樹，需要陽光和水分，我好比樹上結出的果子，而你就是這棵樹的根，我讀書做事是為了種子發芽生長，而你理家助我則是辛勤的園丁，為我澆水施肥，來供我吸收水分和養料。令周圍認識和不認識的朋友無不稱讚與羨慕。在眾多親友面前，你的言行舉止，待人接物顯得那麼嫻熟到位，處理事物既大方又得體，無處不顯示你的才華與精幹。我們這個家每天充滿著陽光。記得有一次，在你生日聚會，祝福的朋友散去之後，我倆在搖曳的燭光下，相互傾吐心中的愛意時，你竟然默默地念了白居易的詩：「在天願做比翼鳥，在地願為連理枝」。嗨，玉，那時我們愛得多深啊！

六

　　玉，人生是苦澀的，樂的盡頭就是悲。我絕對不曾想到，我們的感情竟然會出現裂隙。古人說：「貧賤夫妻百事哀」而哀的盡頭應該是樂才對呀！四年的苦讀的日子都熬過去了，我終於找到一份聲望很好的工作，當了一個大醫院的科主任呢！是不是我變得得意忘形？我變得不安分了，變得不夠體貼，在你孤獨愁苦的時候沒有去安慰你，甚至在你流產的時候都不在你身旁侍候你，致使漸漸培養你一種不平衡的情緒，從而導致你變得任性激動，常為一些小事

和我爭吵。嗨，那時我並沒意識到我們已經走上了冰山，而在冰山下已經燃燒起熊熊烈火呀！無奈我是一個自負而又倔強的呆頭鵝。並不知怎樣去營造我們之間的愛巢。有時甚至還責怪起你的任性來了。我知你本來就是一個直率而無城府的人，你心直口快講話做事不留餘地，有一次，我們回國探母時竟把我的老母親氣哭了。我一氣之下，飛去拉斯維加斯，在酒後大醉之中做了糊塗事，更無奈的是，和我一起做糊塗事的琪又是一個酷似我的初戀情人，她那麼心地善良，那麼善解人意，以她的純真、樸實的情感來填補我心中的缺憾，從此我陷落了不能自拔的情網，終於逼使我離開了你。從此走上了不歸路。我清楚地承認，愛情的本性是一種佔有慾。它是自私而又具有強烈的排他性的心理。若只一意追求一種完美的世界，必將陷入了另外一種極端迷茫的世界裏，將必做出許多蠢事錯事來。如果換一種角度講，我們這一間感情小屋，既然容納不下我了，我唯一的選擇只能是勞燕分飛，含淚而去的結局！然而，畢竟我們之間同舟共濟走過了一段艱辛荊棘叢生人生路。愛留給我的是終身淒涼的回憶呀！許多「亡羊補牢」的機會擦肩而過，現時想起來為時已晚，追悔莫及了。玉，我深知這一切都不是你的錯。是我把人生看錯了，試問世間那有完滿的宇宙？我萬不能以自己的私念，來建築在你的痛苦之上啊？記得三毛說過一段話：「人類往往少年老成，青年迷茫，中年喜歡將別人的成就與自己相比較，好不容易活到老年，仍是一個沒有成長的笨孩子。我們一直粗糙的活著，而人的一生，便也這樣過去了。」幸好如今我們都還健康地活著，活著就應該是快樂的，我從女兒和許多朋友口中得知你仍能珍重自愛，每次和你在電話裏的談話中知道我們各自的心中都有對方

的影子存在。相互仍在痛苦的惦念著，得到了不少的寬慰，你有一顆金子般的心，更加值得我對你的尊敬與愛戴。生命對於我們都是寶貴的，因為只能給予我們一次。所以，生命就是希望，希望你熱愛生命，健康長壽！

如今有琪陪伴著我，度過這淒涼的餘生，她為我犧牲了自己的一切，我不能再去負心於她呀！望你能原諒我的無奈！這算是我作為男人的一句自白！

玉，讓我讀一段拜倫的詩給你聽好嗎？因為這段詩恰如其分蘊含著我現時的心境：

> Tis time this heart should be unmoved,
>
> Since others it hath ceased to move,
>
> Yet, though I cannot be beloved,
>
> Still let me love!

> My days are in the yellow leaf；
>
> The flowers and fruits of love are gone
>
> The worm, the canker, and the grief,
>
> Are mine alone!

> 我的柔心已隨時光逝去，
>
> 我再也得不到別人的同情，
>
> 但我雖不敢奢望愛惜與憐憫，
>
> 我不願無情！

時光已隨黃葉飄零枯萎，
戀情的花果也消失無形，
只有蛀蟲，腐土與愴心，
長伴我未來的光陰！

凱文的抉擇

一

　　黃凱文是我最好的朋友，我們最初認識，是在哈佛大學的麻省總醫院，那時我剛來美國，在康州的哈佛特的聖法蘭西斯醫院任職。每星期四下午，我開車到麻省總醫院參加那裏舉行的臨床病理討論會。有一次，發現坐在我旁邊的是位書生模樣的年青人，大約三十歲出頭，和我年齡相若，我有點好奇，因為七十年代初，在這全國最有名的醫院，很少看到黃臉孔黑頭髮的醫生，頓然生出了一份同鄉的熱情，於是主動和他交談起來；「哈囉，我是實之，請問貴姓？」

　　「我是黃凱文，剛從中國來這裏進修的。」他用一種羨慕的眼光望著我，因為我沒穿麻省總醫院的制服，想來知道我不是本院的醫師，所以繼續問：

　　「你是別的醫院來的嗎？」

　　「是的，我每週都從康州趕來參加這裏的討論會的」

　　於是，我們約好開完會後到醫院的食堂咖啡廳裏聊天。他告訴我他是北京某大學醫學院的內科主治醫師，來這裏進修一年胸腔疾病的診斷，然後回北京他的醫院主持創辦一個矽肺的研究室。當我告訴他我在麥基大學受訓時的主任弗里西是矽肺的權威，而麻省總醫院的 X 光胸腔主任正是我舊時的同事時，更增加了我們不少的話題。

　　更令我驚奇的是他還記得我在一九六二年離國前在中華內科雜誌發表的一篇有關肝臟功能檢查的綜述性文章。

　　「真想不到那篇綜述卻出自一位剛畢業的醫師之手，一般說來，那些文章都是權威教授寫的！那時你幾歲了？」他好奇地問。

　　「二十二歲，本來不應該由我寫的，是因為我們醫學院一位陳姓的一級教授接下寫這篇文章的任務，剛好他病了，一時間又找不到懂幾種外國語言的人替他找資料，所以他委託我先替他找資料，不料資料找好了他的病卻未好，所以索性叫我寫了，我寫完後呈給他看時，他很滿意，就送到中華內科雜誌，不久就發表了。是和幾位其他院校教授聯名發表的。」

　　「真令人驚訝，那個時候我們連一句外文都不懂，你卻懂幾種外文！」他驚奇地說，覺得不可思議。

　　「你也很了不起呀！看來你和我年齡差不多，卻做了中國名牌大學的主治醫師，還被派出來進修！」

　　「那是機緣巧合！去年尼克遜總統訪華，打開了中美兩國的大門，有一位從這裏去的教授到我們醫院訪問，知道我們要成立一個矽肺研究中心，答應撥出基金給我們一個來進修的名額，但規定要在年輕醫師裏找，所以找到我了，因為我自修了一些英文——但，但不夠好，現在聽起來還很費力……」

「那是好的開始啊！歡迎你放假時來我家裏玩！」我誠懇地邀請他，我實在喜歡他。

第二個星期，我們又坐在了一塊。他告訴我，他剛好明天不用上班，接下來就是週末，他問我是否可以跟我一道來康州拜訪我們，他說可以坐巴士回波士頓。

「好極了！美玉一定很喜歡你的光臨！」我說，告訴他美玉是我太太，一個廣東出生的中國人。

那時是深秋，新英格蘭的深秋美得像油畫裏的幻境。紅的楓葉在公路兩旁像是兩條連綿不絕的緞帶，在深秋輕風中搖曳著，好像是一個妙齡少女在曼舞著，上面是層雲飄忽的晴空，交接著迎面而來的一道屏風似的山影，夕陽的餘暉和漂忽的浮雲交映著濃密的楓林，那耀眼的豔紅真當得起「如火如荼」的形容——這美景，在我看來已不平常，對凱文看來更有說不出的感慨。

「太美了，我從來沒有看過這麼美的景致！」他說，深深的感歎著！

凱文在我們家待了三天，我們到郊外釣魚野餐，盡性享受英格蘭秋天的美景，這裏有英格蘭風味的小村莊，小教堂，有風景宜人的湖泊，密的樹林下是一江粼粼的清流，沐浴在襲人的涼意中。我們仰臥在青青的草地上，看著天上的浮雲，聽著潺潺的流水，中間還有唧唧的鳥鳴，那景致真是令人陶醉！

美玉和我三歲的女兒淑蕊也很喜歡凱文，我們過了三天美好的日子，才依依不捨的送他回波士頓的汽車上。

從此我們常有往來，從言談中知道他出身高幹家庭，那時文革尚未結束，但他還是能夠順利來美國進修。他愛國，但對文革充滿了不理解，他不明白為什麼會有文革。

「你既然不瞭解，就不要去想它就是了，反正你是學醫的，把你的學問學好，回去建立你的研究室，研究學問就是了。」我對他說。「但我們許多有名的老教授都給弄死了，也不知為了什麼緣故，他們到死也不知道自己為何被鬥呢！」

他看到那些不懂事的小孩一天到晚喊著連他們自己都不瞭解的口號，去衝擊那些他們自己都不認識的老權威，他一想就心寒，怕有一天萬一被他們也稱作反動學術權威，到時被弄死也不知為了什麼，所以他心裏充滿了矛盾，一方面很想把所學帶回去報效國家，一方面又怕無端被累。每當午夜夢迴，真不知如何是好！

「那就只好聽其自然了！」我說，也想不出有什麼辦法可以幫助他。

有一天他興致勃勃地對我說：「實之，我的導師說我有潛質，希望我留下來做他的助手，還答應替我寫信回北京，希望我的領導允許我多留兩年，說這樣會更充實些！」

「但假若你的領導不答應呢？」我問。

「我的導師說，假如領導不答應，他會幫我辦長期居留。」

「假如留下來，我怕他們會責備你的家人！」我有點擔心，不過，我的擔心是多餘的了，他的領導答應他繼續留下來，三年下來，他不但完成了幾篇有創新性的論文，而且拿了博士學位。更令人高興的是，那時文革快結束了，他在沒有任何心理壓力之下回到北京，開創他的新事業。

二

　　我和凱文一直沒有通信，那時文革還未結束。有關他的消息，是他後來來美時才告訴我的。他告訴我他回國後開創研究室的工作進行得非常順利，還被醫學院評為先進工作者，升了副教授，在工作中找到了一位理想的伴侶，也就是他的助手素文。她從他的研究生變成他的賢內助，兩人合作寫了多篇有關中國西北礦區矽肺調查的論文，在美國胸腔雜誌發表。

　　第三年的春天兩人均同時受邀請出席在美國芝加哥舉行的「胸腔疾病」研討會議，並在會議上宣讀論文。那時剛好我要離開康州，來芝加哥附近一個小城開業，特別開車去芝加哥和他會面，看到老朋友家庭事業均有所成，分外高興。

　　晚飯時他告訴我一個消息：「實之兄，我原來在哈佛的導師最近寫信來邀請我去跟他做研究，我遲遲拿不定主意，想聽聽你的意見？」

　　「我的意見？」我有點驚訝！我能提什麼意見呢？

　　「我是說我很喜歡我目前的工作，我覺得我留在北京可能對國家更有貢獻，但我又很珍惜能到哈佛進修研究的機會，怕失去了再也沒有機會了，素文也沒主意，很想聽聽你的意見，因為你已在美國生根，對我們中國人在美國求學，研究及工作的環境比我們清楚得多，所以你的意見會對我們有決定性的作用！」

「其實我也不能提出什麼意見，美國是一個多元化的社會，什麼事情都會因人而異，有人會覺得受到岐視，有人卻如魚得水，總是因為你所處的環境，你的人際關係及機緣不同而有不同的際遇，還有你的家庭，素文是否喜歡來美國居留。至於對中國的貢獻，也是見仁見智，有人說你留在中國對中國貢獻大；有人說你在美國可能對中國貢獻更大，因為你在美國，尤其是在像哈佛這樣的名校作研究無論設備及導師都是一流，你會學得更多，更有成就，這樣你隨時都可以將你所學，直接或間接的帶回去，帶引你的學弟學妹，你的學生，由他們在中國為你開創，那豈不是更完美的安排？」

「不過實之兄，我不明白你所說的直接或間接的含義？」素文問。

「素文，其實這只是一個模糊的概念而已，現在科學昌明，是沒什麼國界的，我所講的直接，是你回去做客座教授。間接當然是把你的研究寫成文章，國內的同事可以從你的文章中學到你的知識，同時，你還可以用寫信的方式同他們交流，解答他們的問題，那並不失為一個貢獻中國的門徑！」

「實之兄，我真想不到，你的見解竟然那麼深邃，假如我這次來美有什麼收穫的話，這一次的談話，比我在會議上學得還多呢？」

「別抬舉我了，不過我還有一層顧慮！」

「顧慮什麼呢？」

「我是怕萬一你留下來不回去了，你的同伴們會說你們趁機溜脫，給你們戴上一頂叛國的帽子，這樣對你們是太不公平了。」

「所以我們打算先回去再向領導申請出來，這樣做能夠得到領導們的諒解！」

「我想這樣做是對的。」我說,「不過記住,要來你們倆一起來,夫妻長久分隔兩地是不好的。」

三

不過他們始終沒有來美,那時文革已將近尾聲,但還未結束。雖然已不像前陣子那麼猖狂,那麼不合情理,但畢竟還會令人驚怕,令人不敢輕舉妄動。他也不敢寫信給我,所以他一回去,就如黃鶴一去不復返了。

日子就這樣默默地過去了,我和美玉倒時時想念著他。記著和他同到劍橋哈佛校園的情景;記著他來康州我家作客郊外野餐的快樂時光;記著最後一次和他及他新婚太太素文在芝加哥在密執根湖畔暢談的情景⋯⋯

又三年了,我的第二個女兒也已出生。可仍然沒有他們的消息⋯⋯

我們終於再見到他們,不是在美國,而是在我們中國的首都──北京。那是一九八七年,離我們最後一次見面已十多年了,我趁一次回國講學之便,到他的醫院裏找他,內心希望著──他仍在那醫院工作!

但他竟不在,他被派到另一個大學的醫學院工作,我按他原單位的指示,終於去另一個醫院找到了他。

乍見之下,我眼前為之一亮!眼前是一個精神煥發,神采飛揚的中年人!

「哦哦，實之兄！我真是太高興了，真想不到你還念著我這個小老弟！」

「還說呢？你回國後一封信都不給我！」

「真冤枉呀！我一連三封信都如石沉大海！」我突然想起了原來我換了住址，所以不能怪他了。

「素文好嗎？」

「她很好，她還常常想起你，說你是他的榜樣！」

「那怪得很呢？她有你這位丈夫作榜樣還不夠，卻把我搬出來——是不是她要改我們的成語了？」

「什麼成語？」凱文有點奇怪。

「文章是自己的好，老婆可是別人好呀！」

「那她又改了什麼呢？」

「你真呆，還不是文章是自己的好，丈夫是別人的好呀！」

凱文大笑；「想不到一見面，你的幽默又出來了！」

凱文告訴我，他現在已是大學的正教授兼科主任，連素文也成為教授了，他們已有兩個上小學的孩子，一男一女，很乖的，還請我到他家裏吃晚飯，敘敘舊。

那時是晚秋，北京的晚秋是很充滿涼意的。傍晚，凱文和素文一起到我住的酒店接我，我摒除一切的應酬，和他們夫婦乘坐公共汽車到了他們的家。

他們的家是在一個北京典型的四合院中的一隅，四合院中有一棵粗大的皂莢樹，紫紅的花正在開放著，還有他們家門口養著幾盆清麗嫣紅的薔薇，在夕陽下相映成趣。屋內的裝飾說不上華麗卻簡樸，書架上的書籍排列有序，而明窗淨桌，令人感到舒適。

「實之兄,隨便請坐喝茶,這兒可不比你在美國的華廈啊!」

「君不聞劉禹錫的鴻文:山不在高,有仙則名,水不在深,有龍則靈,斯是陋室,惟吾德馨嗎?」

「是的是的,尤其得實之兄光臨,真令人有『苔痕上階綠,草色入簾青』之感呢?」

我不禁大笑:「想來凱文還是文武全才的偉丈夫呢?」這話是對素文說的。

素文在忙著弄飯,聽不清我們的笑話:「什麼偉丈夫?他才不偉呢?一天到晚在實驗室裏鬼混,回到家裏就要吃飯睡覺,孩子們找他捉青蛙,青蛙慢慢從他腳下跑過,他都捉不到,被小孩稱他作⋯⋯」

「稱他作什麼?」

「稱他作青蛙的爺爺──光看不捉!」

一頓晚飯就在歡笑中渡過,我看到他們夫婦,還有兩個聰明伶俐的孩子,心裏充滿了喜悅。

第二天是週末,我婉拒了協和的餐會,和凱文夫婦漫遊北海公園,北海的秋天有一種特別的靈氣,你站在楊柳樹下,看著那道旁樹木的陰影在平靜的水波裏蕩漾,看著你自己的身影不自主地在水中曼舞,你聽見樹上的黃鶯告訴你秋天是多麼的美妙,你的胸襟會隨著澄藍的天空開拓,你的思想像山壑間的泉水那麼清澈,而眼前的一切是那麼嫵媚,那麼引人入勝⋯⋯

於是我又想起以前,也是最後一次和凱文夫婦在美國相處的日子:

「凱文,我想起來了,那時你不是告訴我,你回國後打算來美進修的嗎?怎麼後來又不來了呢?」

「初回來時文革還未結束，我不敢輕舉妄動，後來文革結束，我才興起出國的念頭，可是卻碰到了一個很大的困境。」

「哦，什麼困境？」

「那時我們系裏有兩個年輕的教授，一個是我，另一個是院長的侄兒，他非常聰明，並很好學，他和我一樣，都很想出國，但我們系裏需要我們其中一個留下，指導研究生的工作，本來應該是由我出國的，因他是沒有受到邀請，而他申請美國研究學位也不成功，他總是希望我能幫助他說我已經去了美國，這一回應該輪到他了。限於那時的環境，我清楚若我堅持出國可能得不到上級批准，所以只好向我的哈佛導師寫信，說我因為小孩剛出生，一個人出國不方便，問他是否可以由我這同事代為出去作他的助手，當然我在信中形容他是一位出世奇才，比起他來，我是望塵莫及的。」

「他真的比你好嗎？」

「我不敢說，不過系裏的同事還是對我的評價高些，可能還不是因為我的學問比他好，主要是在做人方面，還有外表！」

「他的外表怎樣？」

「他們說他有一雙對稱不佳的小眼睛，總是瞪著三角眼看人。他的頭與四肢配合得也不適宜，不像是一個大醫生，也不像大學教授，倒好像公園門口賣連環畫的小販！」

「凱文兄，你有後悔把一個大好進修機會讓給你們那位『三角眼』同事嗎？」不知怎的，我也學著凱文挖苦他的同事的口吻！

「是有點後悔──不是因為別的，而是因為他一出國，便如黃鶴一去不復返！不但在美國留下來不走，還連這裏的家也不要了，和結婚十多年的太太離婚，拋下小孩，再娶了他在波士頓房東太太

的女兒，還大搖大擺地帶著他的洋老婆回來，講的是滿口不倫不類的英語，好像他的祖宗不是中國人似的，幾乎把他的老爸氣得發瘋！」

我恍然大悟，難怪連誠實忠厚的凱文說起他這位同事來，用的是諷刺的口吻！

「你知道我們在美國的華僑怎樣稱呼這種假洋鬼子的嗎？」

「願聞其詳！」

「爛香蕉！」

「什麼？爛香蕉？」

「爛香蕉有一種黴味，皮膚又黑又黃，裏頭是又白又爛！」

「更有甚者，他去了哈佛，不但不用心學習研究，頭一年與房東女兒同居，第二年便改行在唐人街開起餐館來了！把他的導師氣個半死，還寫信來把我大罵了一通，說若我自己要來，可以；若要介紹別人，免談！」

「看來老兄是遇人不淑了！不過論才氣，論聰明，論慧黠，我相信無人能出你老兄之右，你在各方面都是夠得上一個德才兼備的朋友，我和美玉一直都在稱讚你呢！你自己已有一個美好的家庭，一個賢慧的妻子，一雙冰雪聰明的兒女，一個能讓你發揮才能的工作環境——正所謂失之東隅，收之桑榆，人生的際遇，因人而異，又有誰知道什麼才是最好的呢？古人云：「窮且益堅，不墜青雲之志！」但願我們長相互勵地無分遠近，永懷服務人群之心，生活才真有意義呢！」

「實之兄，假使勝地不常盛運難再，但願人長久，千里共嬋娟呢！」

「對了！讓我念王勃的兩句詩為我們共勉：海內存知己，天涯若比鄰！」

燦爛的明珠

——苦學成功終圓醫生夢

一

　　我和老友陳景儀醫生分別快五年了，記得二十八年前我離開康州的大學醫院，心想去參加一個有名望的醫生集團私人開業。那時還年輕，總想找一個山明水秀的地方工作，拿起地圖一看，選擇了三個地方，一個是佛羅里達州的奧蘭多，一個是洛杉磯，另一個便是夏威夷的火奴魯魯。那時核子醫學尚在萌芽階段，我也陰差陽錯的被當作一個開山鼻祖的所謂權威，其實自知是草包一個而已，人家因盛名之累，而我卻因假名得益，在那個人浮於事的年代，我一個外國來的土包子，卻一連收到上述三個地方的聘書，一時無法作一個明確的選擇，打算先到每一個地方試試再說。講明先做一個月看看是否雙方滿意才簽合約。先去奧蘭多，一個月下來覺得不是味道，合夥人都是功利主義者，我自問並不清高，但也不是只為錢賣命的人，所以只好打道回府，正準備啟程去洛杉磯之際，卻接到景儀的電話：

「喂，聽說你老兄走投無路，是否願意來我這裡試試？」接著他告訴我他正和四個美國佬合夥，正想找一個有核子醫學專長的人，希望我來和他們談一談。

「你那鬼地方我看地圖都要用放大鏡，又沒湖又沒山，要食魚捉不到，要食兔打不著……你說說理由我為什麼要去你那裡？」我說。

「你有看過一部名叫《教父》的電影嗎？」

「這跟我找工作有什麼關係？」

「關係可大啦……你難道沒聽那教父對他的一個生意準合夥人說的一句話嗎？」

「什麼話？」

「他說，『我給你的優惠會令你不能拒絕。』」

「我才不上當呢！那教父用的是霸王硬上弓！」

「好了，總之，我有個建議，你去洛杉磯時先來我這裡暫停兩天，反正是順路，和我們談一下，若不成，再去洛杉磯還不遲！我保證用最好的牛排招待！」

「住呢？」

「當然來我家了，……難道你喜歡住旅館？」

「那好罷，恭敬不如從命，反正我也想來看看你，自從上次去你家作客，到現在快六年了，那時你的小孩剛出生……她叫什麼名字？」

「陳曉瑩！英文和你們大女兒一樣，叫琳達，快六歲了！」

「好極了，一言為定！」

二

　　景儀把我從飛機場接到他的家裡，已是黃昏的時候，景儀的家坐落在一個風景非常優美的鄉村俱樂部。圍繞著這房子的，是一大片青草地和許多橡樹。那時正是秋末初冬，鮮紅的橡樹在晚霞中顯得光豔照人，微風吹過，送來了淡淡的清香。一個小姑娘坐在門旁的鞦韆上，圓圓的大臉，紅潤的雙頰，雙眼皮，大眼睛，見到我們，便一邊叫著爸爸一邊跑來接我們，「這不就是曉瑩嗎？」，我想，只見她一雙大眼望著我，來不及等爸爸介紹，她卻先開口了：

　　「實之叔叔，我在這裡等著你呢？」

　　「咦！你怎麼認得我了」我想起五年前見到她時，她才是六個月大的小孩！我依稀記得那一雙動人的大眼睛。

　　「是媽媽告訴我的。」她說時做個鬼臉：「　媽說你最好玩了，像個頑皮的大孩子呢？」

　　我正望著她出神，只見黎明從門口走出來。

　　「曉瑩，你又亂說什麼？女孩子家，也不怕實之叔叔笑你。」黎明是我心儀已久的標準美人，秀外慧中，標準的賢內助。我是在紐芬蘭做臨時醫生初次認識他們的。那時景儀在那裡做實習醫生。仗著自己成績好，遲遲不去申請住院醫生的位置，待到申請時已太遲了，夫婦兩個一直開車從紐芬蘭到芝加哥，沿途找工作，碰到以前在台灣時的一位老師，經他介紹才在芝加哥找到一份住院醫生的

工作，可以說他夫人也是與他從甘苦中走出來的，景儀做完住院醫生後，便來這裡工作。

他們的家佈置得優雅美麗，晚飯後景儀因有急診得回醫院看病人，所以多半的說話是在壁爐前我和黎明、曉瑩交談的。在淡微的燈光下，我看到的是兩個完美的女性的形象，母親語言中充滿了靈氣，而曉瑩卻顯得出奇的成熟，她告訴我，她長大後要做一個醫生：

「曉瑩」我說，有點好奇，「可以告訴叔叔，你長大後為什麼要做一個醫生呢？」

「媽說，做醫生可以救人！」

「你是否知道，要做醫生要讀很多書，還要讀很多年，是很苦的……你願意嗎？」

「我不怕苦，我長大後一定要做醫生。」

天哪！她才不過六歲還不到的小孩呀！

「你知不知道，要做一個醫生你得先讀完大學，還要有最好的成績，才能進入醫學院，再讀四年畢業，又要實習五年，然後考執照，通過了才能成正式成為醫生！」

「聽媽說，如果我要和爸一樣，在醫學院畢業後還要再受訓四年呢！」

「對了，你算算看，總共多少年？」

只見她扭著手指頭：小學 6 年，中學 6 年，大學 4 年，醫學院 4 年，再加 1 年實習，4 年住院醫生訓練——總共 25 年！

只見她睜大了那雙光亮的大眼睛，肯定的說：

「25 年，對嗎？」

「對了，那時你幾歲了？」

「28 歲！」

「你想一個人天天在讀書，要讀 25 年，尤其是一個女孩子——值得嗎？」

「值得！」

我轉頭望著黎明，只見她用她那雙神靈似的眼睛，望著她那早熟的女兒，不出聲，只露出得意的微笑，我突然間感到心頭震盪，我的靈府好像被兩顆亮星的光波穿透著。

三

我答應參加他們的集團，一來正如景儀所說他們給我的優厚待遇令人無法拒絕；二來我打從心底裡希望能和他們一家更接近些，更由於好奇——我要看到曉瑩……這個充滿靈氣的小女孩，是不是正如她所說的成為一個好醫生！

三年過去了，曉瑩小學畢業了，在五百多同學中，她考了第一名，畢業那天晚上，我們到她家裡分享他們的快樂。

曉瑩出落得更伶俐可愛了，她就好像是一隻小鳥似的，在蔚藍的天空裡飛來飛去，把快樂滲進每個人的心田裡！

曉瑩進入了本地最好的中學，在她念中學的第二年，景儀去芝加哥繼續進修一年，只在星期假期才回家與家人團聚，其時他們的第二、三個女兒亦已出世，景儀臨行前我們去送行。那是秋涼的一個黃昏，我們在屋外的花園裡坐著，看著水池裡的蓮花，我逗趣地說：

「你們園裡的水蓮正好開著三蒂蓮，仿如你們家裡的三個姐妹，正應著花瑞，我們都為你們高興。」

然後我對曉瑩說：「曉瑩，你爸不常在你們身邊，你有什麼事情可以打電話來找我。」

「我會的，實之叔叔。」她說著，向我投來一個成熟而充滿信心的目光！

四

我原以為黎明帶著三個孩子也夠辛苦的了，不料每次見到她們母女四人，她們都變得更加明麗，尤其是曉瑩，簡直成了個小美人！

那一年的中秋，我的友人送來幾盒月餅，我和玉想和他們共用中秋月圓夜，下午就到了他們家，剛進門就見曉瑩，正站在小妹妹的小床旁邊，又是餵奶又是換尿片，把正在哭啼的小妹妹弄得也笑了起來。

我轉頭望著黎明：

「你看曉瑩就好像是個小大人，她這樣忙著照顧小妹妹，怕不會影響她的功課罷！」

「她回家來只做三件事：照顧妹妹、幫助家務和溫習功課，連同學的電話她都不接的！」

「準又是第一名了？」

「她是特別生裡的第一名呢！」

要知特別生是初中修高中的功課。我心中感觸，望著窗外的月光，月光像是水一般散落在小池上，只見一棵白蓮正開得燦爛，又加上一朵紅蓮，亭亭地在綠葉中浮立著。

難道正意味著曉瑩的出類拔萃麼？

五

景儀回來後又待了兩年。第三年便被芝加哥的一個更大的醫生集團挖角去了，原本也想找我一同去，但我不想搬家，只好留下來。

再三年，曉瑩高中畢業了，她特別打電話來給我：

「實之叔叔，我很想你和阿姨來參加我的畢業典禮⋯⋯若你能來我會很高興！」

「那還用說，我就怕你不肯請我們」我說，真為她高興。

不用說，她果然又是名列前茅，那還是伊州最有名的佛羅斯麋中學！（Flossmoor High School）

「曉瑩，你真是爸媽的好女兒，妹妹們的好姐姐，我真為你高興！」每當到他們的家裡時，我細心的看著她，心裡想著這個超凡的脫盡塵俗氣的女孩，清澈可愛。真令人喜愛，因為好奇，我繼續說：「你還想做一個醫生嗎？」

「那當然，不過我得先入大學，許多名大學願意收我，可我還是決定入伊利諾大學，一來捨不得離開爸媽，二來我又可照顧妹妹！」

「妹妹都大了，還要你照顧嗎？」我說。

「她說要給妹妹們作個榜樣，不然她們會學壞！」黎明插嘴了。

「真是個好孩子」我說，充滿了喜悅。

六

四年又過去了，這期間我們常和景儀及黎明見面，但總是見不到曉瑩，心中總是惦念著她，終於電話又來了：

「實之叔叔，我大學畢業了，你和阿姨能來參加我們畢業典禮嗎？」

「我等你這個電話等了四個年頭了」我說：「又考了第一了──是不是？」

「不告訴你……你來便會知道了！」

香檳城的初秋是漂亮的，當我們的汽車開到了繁花似錦的香檳城……伊利諾大學的校園，看著路旁房屋前面排列著的紅色、黃色和紫色的紫羅蘭，好像是兩道錦繡絢爛的彩虹，一株株古柏，伸展著它們的樹蔭，清晨燦爛的陽光，好像千萬條金帶從樹葉的裂縫中投影到大道上，大禮堂……畢業典禮的禮堂的前邊，是一片青綠如茵的草地，草地兩旁開著萬紫千紅的百合，芍藥和玫瑰，那景致你不會忘記，一群群的穿著畢業黑衣戴著四方帽子的畢業生們和他們的家人正在草地上歡笑和拍照。

車剛停好，便見到曉瑩笑得如燦爛陽光一般的迎上來：

「實之叔叔，阿姨呢？你真把我們等的好苦啊……我還怕你們不來了呢？」

「看你這麼高興，一定又拿到大獎了，是嗎？」

「她是考了第一，還被委任為學生代表致辭呢」黎明迫不及待地說。

「太高興了……不過，你決定去那一個醫學院呢？」我還是舊話重提。

「她說要聽聽你的意見之後再作決定。」

「我的決定？說來聽聽，看那幾間醫學錄取了你？」

「她申請到了全國最好的醫學院。還有本地的黎奧拉都收了她。我想她去哈佛，不過她選了黎奧拉，她說捨不得離開我們。說要看著兩個妹妹……還是那句老話，她要給她們作個好榜樣。」

「我贊成！只要自己學好，又何必在乎什麼名校呢？」

「她還推掉學校給她的獎學金，說獎學金應該留給需要它的窮家子弟呢？」

「果然了不起的好孩子！」我說：「你真是妹妹的好榜樣！」

<h2 style="text-align:center">七</h2>

曉瑩在醫學院的四年，倒是有時與我來往的，有時我和太太和景儀、黎明去看她，有時逢到星期六，我們去芝加哥，她也偶然來與我敘舊茗茶，在她的意思，倒是向我來「取經」的。

「實之叔叔，聽爸爸說，你這個人最愛讀書了，無論是醫學的、文學的、哲學的、你都愛讀，你坐著讀書，站著也讀書，有時……」她說不下去了，好像有點不好意思。

「有時什麼呢？」我有點好奇。

「有時你到廁所，也還要坐在馬桶上讀書，是真的嗎？」

「那倒不假！」

「是為什麼呢？難道真的是為了應付工作的需要？況且文學、哲學又不是你的本行。」

「我認為讀書是快樂的事，杜威說『讀書是一種探險，如探新大陸，尤如征服高山瓊雪』，法郎士也說過『讀書是靈魂的星航，隨時可發現名山大川，古跡名勝，深山幽谷，奇花異卉。』所以我認為讀書是一種享受，不是一種苦役。」

「我也有同感，所以有時我一天連讀八個小時的書，當然其中大部分是醫學的，但有時我也看羅丹的書，莎士比亞的戲劇，我不會感到累，好像越看越精神，其樂無窮呢！」

「你得到讀書的真諦了，你能夠把讀書作為一種享樂，你讀書的效益就會加倍，你就會過目不忘，讀醫學增加你的專業知識，讀文學會調劑你的身心，培養你的靈性，把你帶入更高的境界，有如高山瓊雪，清澈透明，使你脫盡塵俗氣，讀哲學會教你如何做人，使你脫離功利的枷鎖。把學醫救人看成是一種人生的責任，理解到只有完成責任得到的快樂才是真樂，不會因工作的太忙而苦惱，要知道作為一個醫生，你們一生都會很忙，亦很苦的，只要你明白能從苦中尋樂，那你不會把工作視為一種苦差事了。」

「實之叔叔，難怪爸媽總是喜歡我找你談話，說你從來就是一個懂得把讀書和工作視為樂趣的人，他們怕我太辛苦了，所以總是希望我能向你『取經』，原來他們是有目的的」說完轉頭向她爸作個鬼臉，那樣子真逗人歡喜！

八

曉瑩終於從醫學院畢業了，如往常一樣，她親自邀請我分享她的榮耀，不出所料，她又是畢業班的高材生。

「實之叔叔，」在畢業典禮完畢時，我們和他一家人坐下來喝茶，談及她的前途大計，「媽說我一個女孩子家，做一個家庭醫生便夠了，可我還想再讀下去，但她怕我再讀下去就嫁不出去，這回你要幫我了……幫我說服媽媽好嗎？——你知爸是不敢違抗媽媽的命令的！」她說時用懇求的眼光望著我。

「我說黎明，你就放心罷！像曉瑩這樣瑩明透澈的女孩子，只怕她把世間的男孩子都看不在眼裡呢！其次是她性好讀書，你不讓她再讀書收會委屈她的。」然後我問曉瑩：「你是喜歡哪一科呢？」

「我想讀內科。」

「你想去哪裡讀呢？」

「還是留在這裡。」

「那也好，可以天天看到媽媽。」說時我望著黎明。

黎明也被我和曉瑩的雙簧弄得沒有辦法，只好點頭答應了：「我就知道你這鬼靈精一定會叫實之叔叔來替你說情，知道憑他那吹牛的本領，我還有不投降的份！」

九

四年又過去了，曉瑩完成了內科醫生的專業訓練，一天，我又接到她的電話：

「實之叔叔，我已考到內科專家的資格了，但我覺得還不夠，我想再去讀三年，專攻幾項尖端的專科裡的專科。」

「天哪！」我被她嚇呆了，「你還要讀什麼呀！」

「我想花一年時間讀肺科，一年時間讀內科裡的外科治療，另一年就讀睡眠治療。」

「那時你幾歲了？」

「31 歲。」

「你不覺得把青春貢獻給醫學是可惜嗎？」

「不可惜。」

「爸媽怎麼說？」

「爸贊成，媽反對。」

「那我能幫你什麼呢？」

「還是那句老話……說服我媽。」

「我會照辦，不過有一個要求。」

「什麼要求？」

「花點時間交交男朋友。」

「好的，聽你的。」她說時嘻嘻地笑著，誰知她心裡想的是什麼？曉瑩就這樣又花了三年時間，又通過了所有三科的專業文憑考

試，成為一個十項全能的頂尖的專家裡面的專家。然後才參加芝加哥一個最大的醫學集團開業。

　　有時我心想，像曉瑩那樣的好孩子，在今天的社會裡是不多的了。為什麼這孩子從小就知道給自己安排一個美好的前程呢！這固然是因為父親的奮鬥給了她勇氣，母親的賢慧給了她內涵、更重要的是她把讀書作為一種樂趣，她知道做人要有責任，所以小時她會照顧小妹妹，大時她會照顧病人，知道在從完成責任中尋得快樂。這便是她成功的基本要素！

整容俱樂部

　　在美國，整形外科是天之驕子的職業。唐·理查出身於一個富有的猶太家庭，父親是一位房地產商人，母親是一位舞蹈家。住在芝加哥湖畔一層高級公寓裏。唐早年畢業於美國西北大學，在芝加哥大學醫學院完成普通外科訓練，再到哈佛大學醫學院進修整形外科兩年，取得了整形外科專家文憑，然後到我們這裏開業。

　　唐長得高大英俊，而且溫文有禮，風度翩翩，自然是女人追逐的對象，可是他就沒有固定的女朋友，也沒有結婚成家。

　　「假如我有機會玩遍天下的美女，人生在世為什麼要把自己束縛在一個女人身上呢？」有一次他在酒吧裏喝醉，向他的一位知心好友、普通外科醫師約翰吐出了他的真言。

　　「我倒沒有看見你玩過什麼女人？」約翰說。

　　「玩女人而被人看見，那就不是玩女人了。」他含糊地說，約翰見他語無倫次，不再和他糾纏下去。

　　這大概是他唯一一次和別人談到有關女人的事。但實際上，他幾乎每天在醫務所和漂亮的年輕女人混在一起。

一

　　布蘭尼是一位二十一歲的化裝品推銷員，長得苗條而麗亮，就是鼻子低扁了一些，她找唐替她做隆鼻手術，第一次手術的結果，鼻子變了形，而且鼻孔變窄了，弄得布蘭尼常常要張大嘴巴來呼吸，晚上睡覺不安寧，每因呼吸困難而憋醒。

　　布蘭尼決定再找他時，唐把她抱住，親她的嘴，輕聲的說：

　　「甜心，你現在的鼻子不好看，你男朋友怎麼說？」

　　「他當然生氣了，他要你把我的鼻子弄回原來的樣子，不然他要我告你！」布蘭尼氣衝衝的說，一手把唐推開。「還有，你這樣隨便和病人親嘴，是有違醫規的，單憑這點，我就可以告你！」

　　唐倒顯得非常輕鬆。

　　「甜心，別聽你男朋友的鬼話！矯形手術本來就是一場賭博，一百個人中總有幾個改得比原來更難看，不信你可去查記錄，我的成功率比誰都高呢！就算你能找到最厲害的律師──而且根本不可能，這裏所有好律師都是我的好朋友──也不會把我告倒，到頭來你還不是人財兩空！我看你還是把你的男朋友甩掉，做我的女朋友吧！但不是公開的，你知道我是不能把我的女病人當做女朋友的，但這並不等於你不能和我做愛，你若答應我，我可以把你的鼻子弄得比女明星還漂亮！」

　　無人懷疑唐能把布蘭尼的鼻子弄得漂亮，他是本州最有名的整形外科醫師，可是布蘭尼還是氣忿異常：

「你是不是故意把我的鼻子弄壞了，來威脅我，要我就範的？」

「這可不是我說的！」唐回答，還是一臉不在乎的樣子，

布蘭尼迅速地分析她當下的處境——她實在受不了在鏡上看到她的變了形的鼻子，更受不了男朋友不再歡喜和她親吻和做愛。而且要告唐一定人財兩空，因為唐的律師一定會為他的錯誤找些連他們自己都不相信的理由為他辯護。顛倒黑白把對說成是錯，錯說成是對；唐有的是錢，請得起最好最貴的律師；而唐在開刀前也曾對她說過，整形沒有百分之百的成功率，你碰到失敗的，算你倒楣，誰叫她太貪心，想變漂亮呢！這倒好，這次鼻子變形，男朋友變得冷淡了，說明男朋友不是真心愛她，只是愛她的美，不是愛她的心。這次手術考驗了他，本來失去他，她會很傷心的，但這種愛情是不值得她傷心⋯⋯還有，唐雖然下流，但他有本事把我的鼻子弄好，唉，只好順從他了。

唐約她晚上到他家裏，當晚布蘭尼就在他家裏過夜。布蘭尼和他做愛，心裏不願意，但為了鼻子，更為了氣男朋友的變心，但唐是怎麼想的呢？

布蘭尼的鼻子第一次開刀，保險公司不會付錢，只能是布蘭尼自己付錢，但收費不能太高。

第二次開刀，就不同了，是真的整形手術，不是為漂亮，而是因為呼吸困難，要將鼻腔弄大，保險公司是要付錢的，收費就高得多了。

為了第二次手術，布蘭尼肯和他做愛，至於他說愛她的鬼話，連他自己都覺得是多麼好笑，若布蘭尼相信他講的是真話，那只能是因為布蘭尼太蠢了，誰叫她相信我會和她結婚呢？不過，我有的

是辦法，等我玩夠了，再讓布蘭尼回到她男朋友身邊不就皆大歡喜了嗎？

布蘭尼若講出來那才是笑話呢？有誰會相信她的話呢？

總之，唐的如意算盤是不會錯的。不然，他多年來把大部分來找他做整形手術的漂亮女子騙上床，到現在人們都把他形容為無論醫術和技術都是本地最好的整形外科醫師呢！

二

羅斯是一位二十九歲的單身媽媽。美麗清秀，身材苗條，可惜乳房不夠大，同意男朋友的建議找唐做隆胸手術。手術結果，兩邊乳房大小不等，右乳房的乳頭還塌進去，周圍都是瘢痕。唐作第二次手術想把乳房弄出來，並除去周圍的瘢痕，結果越弄越糟，乳頭凹陷得更深，而瘢痕卻越來越多。羅斯再找他要求第三次手術，他說：

「羅斯，我是可以用鐳射的方法將瘢痕除掉，同時把乳頭隆突出來，但你要答應我兩件事。」

「什麼事？」

「第一你要簽一份證明說你的乳房變形是受傷而引起的，慢慢的變得越來越嚴重。」

「為什麼呢？」羅斯有點奇怪。

「這樣我可以送帳單給你的保險公司，你只需付 20% 手術費用即可，為你省了錢，當然我也可以收費高些。」

「第二件事呢？」

「第二件你必須和我做愛！」

在開刀前後的兩個月內，每次羅斯複診，他們都在他的檢查室做愛。按正常規定，醫生檢查女病人要有女護士在場，但羅斯從來沒有看到女護士進入檢查室！

最後手術當然是非常成功，羅斯右乳房變得又大又漂亮。在一次複診中，他把羅斯拉到他懷裏，把她的右乳房托在手裏：

「你看，這多漂亮呀！我真是捨不得它呀！」說完把乳頭放到他嘴裏吸了又吮。

羅斯感到一陣噁心，用力把他推開：

「理查醫生，你太過分了，你是不應該這樣的。」

「什麼不應該！我是把我做的乳房當成藝術珍品來愛著！」

「我的乳房可不是藝術品！」

「對我來說，好的東西都是藝術品，尤其是我用手做成的！」

「我的乳房並不是什麼（東西）！」

「不和你爭辯了！」理查把手一攤，作無可奈何狀。

右乳房變大變好了，可是左乳房相對之下變得比右乳房細小很多，羅斯在鏡子前看來看去不對勁，唐知道羅斯的心事：

「我可以把左邊加大些，弄得對稱起來——條件是，我們必須繼續做愛，直到你對你的乳房感到滿意為止。」

羅斯敢怒不敢言，只好婉轉地說：

「我的男朋友曾問過我，為什麼你本來可以一次就做好的手術，為什麼要分那麼多次去做？」其實羅斯心裏想問的是：

「你是不是故意這樣拖延時間和多做幾次手術，威脅我和你做愛，可以騙保險公司更多的錢！」

唐還是那句通常用慣的話回答：

「藝術品不是一次就能雕塑出來的，是要用不斷加工才能完美！」

羅斯當然不相信他的鬼話，但為了有一對對稱而又大又漂亮的乳房，只好勉強就範！

這樣連續了六個多月，羅斯終於有了一對漂亮對稱的大乳房！

三

無疑唐是芝加哥附近最有名的乳房整形外科醫生，但他對其他手術也很有名，尤其是腹部脂肪去除的減肥手術。愛玲，一位三十二歲的漂亮女人，要求唐減除她漸漸增大的腹部脂肪。唐答應了，在此後三星期的某一天，唐把愛玲帶入檢查室裏床上躺下後，用手摸著她的腹部，測量腹壁脂肪厚度，由上腹部向下腹小腹一直延伸至陰部，唐問愛玲：

「你有沒有感覺到有一天你會愛上你的醫生呢？」

還不等愛玲回答，他繼續說：

「看到你那甜美的臉，我禁不住自己的衝動」，說完拉著愛玲的手放在他下體。愛玲被他的舉動嚇呆了，一時不知如何是好，當她定神過來時，她發覺自己褲子被脫下，他壓在她身上強行幹起了那種事來。

愛玲感到全身無力，又興奮又憤怒，一時不知所措，直到她下定決心把他推開時，她已感到一大堆乳白色的精液射到她的肚皮上。

「我要告你，你這畜牲！」愛玲怒不可抑！

「告我？誰會相信你，我還說你勾引我呢！」唐笑著，一臉的不在乎！「不過，我真的是喜歡你，你又甜又美，我會把你肚皮的脂肪抽吸掉，你會變成標準的美人兒，若你也喜歡我，我們可以結婚！」

愛玲這下子從憤怒變成激動，回想剛才被迫做愛時的快感，和以前與丈夫做愛時的感覺完全不一樣——那是沒有新鮮感的例行公事，而和唐卻有一種無名的奇特的感覺——眼前這位是一個有教養而又富有，受人尊敬的，英俊高大的有名的醫生，若能和他結婚，那可是一輩子的夢寐以求的事啊！

「你騙人！我才不相信你的鬼話，而且……」

「而且什麼呢，甜心！」唐用溫柔的聲音問道。

愛玲被他的「真誠」感動了，於是說：

「而且我還有丈夫，孩子，怎麼能跟你結婚？」

「你這傻瓜，你可以離婚呀！我會等你離了婚後才和你結婚，你還可以以病人的名義繼續來我這裏和我做愛……你看，」說著把他的下部又拿出來，「這傢夥又硬了……還不是你引起的。」他邊說邊把愛玲褲子脫下，又和愛玲再幹起來，這一次是雙方合作，真是愛樂無比。

愛玲抱著希望繼續和唐做愛，為掩人耳目，多是用複診名義來唐的診室幹那件事，這期間唐為愛玲作了多次手術，不但把她腹部脂肪抽掉，還順便把她耳旁的一個小肉瘤割掉，愛玲的一對乳房本來已夠大，又有彈性，每次做愛時唐都把愛玲的乳房又搓又吻，弄得愛玲恨不得每天和唐在一起。

可是事情並不如想像的那麼簡單——

當愛玲向他丈夫提出離婚時，丈夫對愛玲起了懷疑，他懷疑愛玲為什麼每三兩天就要去唐那裏複診，而且每次都是去兩三個小時，每次回來時看她面露笑容，他早已覺察到有點不對勁。現在愛玲提出離婚，又不肯講出原因，只說性格不合，他們結婚已八年，有兩個孩子，從來沒有吵過架，連拌嘴都沒有，為什麼卻突然變得性格不合？他一猜就猜到八成是他老婆和唐有什麼見不得人的勾當，但他不動聲色，裝著同意和太太離婚，叫她自己找律師辦好手續，他就同意簽字離婚！其實他心中有數，他知道一定是唐在哄騙著她，只要她向唐提出認真辦離婚再和她結婚的事，唐一定會有不同的反應！

果然，當愛玲帶著這喜訊，迫不及待地告訴唐時，唐面無表情地說：

「慢慢來，甜心！我有幾件事情要好好考慮一下？」

「什麼事情？」

「你是我的病人，若你離婚，你不能嫁給我。」

「為什麼呢？」

「法律上我是不能和我的病人結婚的呀！」

「那我怎麼辦？」

「那還不簡單，你不要離婚……而且……」

「而且什麼？」

「而且你再不能來我這裏，不然會引起人懷疑了。」

「那我們不能再見面了？」

「對，甜心，我太愛你了，不過為了你的名譽，你的家庭還有你的孩子，我們不應再見面！」唐說話時的那種嚴肅的神態好像是一個神父。

　　愛玲一下子從夢中醒了過來，覺得眼前這位受人尊敬的英俊高大醫生原來是一個愛情騙子！她太不甘心了，她為他毀了自己的自尊，失去了丈夫對自己的信任和孩子的尊敬──她太難堪了，她的內心在吶喊：「啊！天啊！我變成什麼樣的人了！」

　　她匆匆離開唐的診所，沒有回頭！

　　但愛玲實在不甘心，她受的傷害太大了，她下定決心和唐鬥下去，她哭著把事情從頭到尾告訴她的丈夫，請求他的寬恕。

　　「親愛的，這不全怪你，我也有錯」他的答覆，出乎愛玲的意料。

　　「我做了那麼多錯事，你不但不怪我，反而說你也有錯，為什麼呢？」

　　「第一，我因為一天到晚上埋首工作，把你疏忽了，連我們做愛也好像是例行公事似的，難怪你對我不滿，容易被人趁機而入。第二，其實我早已覺察你近來行動有異，卻沒有及時探問究竟，而致你越陷越深……」

　　「不要再說下去了。」愛玲一把抱住丈夫，感動得流下淚來，上天給我一位那麼好的丈夫，我卻不知珍惜，我太壞了，我真對不起你。」

　　「不要說對不起我！你和我都被那傢夥捉弄了！若我們不採取行動，他還會去害別人！」

　　「但他的名譽那麼好，我們又能做什麼呢？」

　　「要告他的話，他一定不會承認他做的一切，到時在法庭上，便成誣告，加上他請的那些專門欺負窮人的律師興風作浪，弄不好不但告不到他，反過來弄得我們名譽掃地。所以我們不能心急，只好等待機會。」

四

機會終於來了。

有一天，愛玲邀她的一位女朋友共進午餐，她那位名叫瑪麗蓮的女朋友，向她訴說她的男朋友希望她隆胸，她不答應，認為他為了男朋友而去隆胸不值得，還說這不是真愛，不料愛玲卻說：

「我有一件事，不知你能否幫我的忙？」

「我們是好朋友了，若我能做得到，我一定會做！」

「那可不是一件簡單的事啊！」說完，愛玲把她和唐經歷告訴她，然後說：「我想到假如扮成病人去找唐隆胸，同時帶一個錄音器放在你的皮包內，假如他對你有性侵犯，應該可以把他的話錄下來作為證據。」

「這傢夥太可惡了，不懲罰他怎麼成！」瑪麗蓮一口答應。

第二天瑪麗蓮打扮得花枝招展去找唐，還不斷向唐飛眉舞眼，做暗示，唐果然中計。

「你那麼漂亮的臉卻沒有一對大乳，就好像一件精美的花瓶沒有花一樣怎麼成。」唐一邊說一邊搓摸著瑪麗蓮的乳房。

「喂，醫生，你是不應該這樣搓搓摸摸我的乳房的！」瑪麗蓮大聲的說：

「有什麼應該不應該，許多病人就喜歡我這樣搓摸的呢？」

「奇怪了，這對隆胸有什麼關係？」

「沒有，不過病人就是喜歡我這樣做？」

「為什麼呢？」

「快感呀！許多病人被我弄得激動起來，主動要求和我做愛呢！」說完拿著瑪麗蓮的手放到他那勃起的下體上！

「假如我不答應和你做愛呢？」

「那我就不給你做隆胸手術！我敢打賭你再也找不到比我更好的隆胸手術醫師！」

「你都向所有來這裏作隆胸手術的病人要求和你做愛的嗎？」

「那也不一定，那些不好看的女人我才沒胃口呢？只有像你這樣動人的女人我才會有興趣！」

「醫生，你開業那麼多年，每天都有那麼多病人，而來的病人多半是年輕漂亮的，你可以告訴我，你曾經和多少病人做過愛呢！」

「那真是數不清了……你問這個做什麼？」

「是好奇罷了，」瑪麗蓮對他嫵媚一笑，又拋了一個媚眼。「若你不告訴我，我就不答應你做愛！」

「你這小妮子真會逗人，不過我真的記不清，想來至少也有一百個呢！」

「你好厲害呀！你真是超人呀！」

「你試試就知道我的厲害。我保證你以後都離不開我呢？」

「別亂吹牛，不過今天我剛好月經來，不方便，改天再和你上床好嗎？」

「你真吊胃口——為什麼選有月經的時候來呢？」

「我怎會知道你要求做愛的呢？不過我答應你月經過後再來找你。」

「我知道你一定會來的！」

「如果我怕了你，不敢來呢？」

「那你就沒有一對又大又漂亮的乳房——你不會找到比我更好的隆乳醫生！」

一陣怒火從瑪麗蓮的胸口升上來，但她卻面帶桃花，用浪浪的笑語對唐說：

「好罷，我改天一定來就是了！」

瑪麗蓮和愛玲聯合請了一位有名的律師，以錄音帶為證據，一狀把唐告上法院。

可是她們失望了，原因她們請的律師是唐的朋友，明知私人錄音不合法，不能做為呈堂證據，卻仍接受她們的騁用，騙她們的錢，裝模作樣把狀子呈上法庭，又碰到唐請來的能把死馬說成活馬，認錢不認爸的律師，沒兩下子就把她們的狀子推翻，還倒過來要求她們賠償破壞名譽費給唐，除了自己律師費用外，因為官司輸了，還得賠出唐的律師費。弄得走投無路，她們只好宣告破產，離開這個小城，到密西根州去另謀生計！

而唐呢？依然風風光光的繼續經營他的診所——說玩弄病人（整容俱樂部）更合適些！

學術老頑童

　　賽門教授是世界胸腔放射診斷學權威。他是英國倫敦大學胸腔放射學主任。每年春天和秋天，他都來我們這裏作為期一週的客座教授，他既是我們主任弗里瑞教授的好朋友，卻在學術上又是死對頭。他們坐在一起只可以喝酒談女人，一旦提到肺部放射學診斷時，兩人多是不歡而散。偏偏我們敬愛的賽門，就愛往我們這裏跑，搞得我們這些住院醫生們，躲都躲不掉，只好硬著頭皮聽他胡扯。

　　那天是星期二下午三時，是我們例行的放射──病理討論會。還差十分鐘才到三點，他老兄早已坐在第一排等候我們。我們的主任照例不會參加的，因害怕當著我們的面吵架，弄的自己和客人都難堪。而我們這些小字輩們只好捨命陪君子，硬著頭皮隨時聽教。

　　「大家好，今天你們主任委託我主持這裏的討論會……」

　　「嘻嘻！」一位女住院醫生的聲音。

　　「噓噓，別大聲！」另一個低聲說。

　　賽門有點耳背，當然聽不到後排的嘻笑聲。

　　賽門從他的大皮包裏抽出兩張肺部的 X 光照片，一張是正位片，另一張是側位片，開始發話了。

　　「我們英國窮，所以每次照片只有兩張，一張正面，一張側面。而你們因為太有錢了，所以正面要照兩張，一張深吸氣時照的，一

張深呼氣時照的，其實有什麼用呢？只不過浪費錢罷了。用一張深吸氣的便夠了。請問，有那一種疾病只有在深呼氣的時候才能在照片中看到的呢？」

「氣胸！」一位住院醫生說。

「那也不一定！」賽門說。用他那特有的牛津腔，只要你們細心一點看，最小的氣胸也可從一張深呼氣照片中看出來。然後他指著前排的一位住院醫生，暗示他點頭同意。

可是這位仁兄卻既不點頭，也不搖頭，假裝聽不見。他氣急了，看到我這個黃臉孔黑頭髮的認為容易對付。

「你說呢！」他盯著我，看來這次逃不掉了，我一時氣急了。

「在英國是你對，在加拿大是我們對。」

「放屁！你是那來的道理，快說！」賽門氣壞了。

「正如你所說，英國窮，為省錢，所以只照一張，然後用你們特有的犀利眼可以看到最小的氣胸。我們這裏的人，因為天氣冷，眼睛被冷風吹的迷糊了，張得不大，看片不清楚，只好多加一張深呼氣的照片，把氣胸弄大些，容易看的清楚。」

「那來的鬼道理，是不是你們老闆教你說的來調侃我，是不是？」

「不敢，不敢……其實是我急時造出來的。」

賽門苦笑了一下，算是放過了我，然後看著照片，指著另一住院醫生：

「你看這張照片有什麼不對？然後給我分析一下，告訴我你的診斷，看看對不對。記住，每張照片我都有病理結果的，妄想蒙混過關！」

　　那位住院醫生看了老半天，卻看不出一點頭緒，帶著無奈口吻說：「賽門教授，我實在看不出有什麼不對，可不可以給我一點提示？」

　　賽門表露出得意的神情。「你真蠢，這張照片裏的毛病，我在倫敦的學生一下子便看出來。」然後他把手伸到大皮包裏，尋找什麼似的，──找了老半天，一邊嘴裏自言自語。

　　「我的點棒棍那裏去了？」

　　「啊！我知道！」一位女住院醫生說，「你把它留在休息室裏了，我看見的，只是我不知道你為什麼放在那裏，所以我沒有把它帶來給你。」

　　「嘿嘿！」賽門用一種奇異的眼光看著她，「是不是你又給我搗蛋，偷偷地從我的皮包裏拿出來放在那裏的？」

　　「不敢，不敢……」

　　「我知道你是記恨著我上次向你的主任告了你一狀，說你在病例討論時打瞌睡。所以和我搗蛋了，是不是？」賽門帶著憤怒狀。然後大聲說：「還不快給我拿來！」

　　「是！」可她一去又半小時，真把賽門氣壞了。

　　「你們這班搗蛋鬼，不好好學習怎麼配得上麥基爾大學醫學院的高材生呢！你們忘記了你們的先賢奧斯拉的教誨了嗎？」

　　賽門最佩服奧斯拉了，在醫學界，他是被公認為內科之父的。是第一位麥基爾醫學院的內科主任，也曾是英國牛津醫學院的內科主任。賽門的爺爺當年在牛津受訓時是他的手下的得力助手。這件事差不多每次來時他都找機會提醒我們的。

　　「又來了。」我背後的一位偷偷地說。

　　然後他終於拿到點棒棍了。只見他用點棒棍在那張 X 光片上點了一下，原來是肺底層那些微細的變化，有點像蜘蛛網的形狀。

　　「這是網狀變化……」

　　「什麼！」賽門提高了聲音。

　　「我說網狀變化。」

　　「我跟你說了多少次，可是你們總是不聽，這不是網狀變化，是纖維變化，病理上是纖維變化！」

　　「可是我們看的是影像，所以只能用影像來形容它，影像顯示出來的是網狀，我看不到纖維……雖然它很可能是纖維，不過那是病理名詞，不是放射學名稱。」那位住院醫生理直氣壯地說。

　　「你們真是冥頑不靈……真是你們的寶貝主任羅勃弗里瑞的好弟子，只聽他的，我的就不算！」

　　其實賽門和我們主任為這件事爭執了多少年了，我們主任是一派，用「網狀」的支持有哈佛的格林，耶魯的思邦。

　　賽門是另一派，用「纖維狀」的支持者有多倫多的斯諾，英國的諾科。記得有一次我們麥基爾的一個畢業生去多倫多參加專業口試，碰到同樣的情形。那個考官是賽門派，我們那位醫生不知情，指著 X 片猛叫網狀形、網狀形。沒有想到，那個考官二話不說，馬上客氣地從衣架上拿下大衣替他穿上恭送出門。那倒楣鬼還洋洋得意，以為考試結果，沒有 100 分也有 90 分。可是一放榜卻名落孫山，弄得苦不堪言，白白多等了一年才拿到專業文憑。

　　又有一次，哈佛的格林依例一年一度被邀請去倫敦演講，剛好由賽門主持會議。賽門半年前去哈佛做客座教授時碰到一鼻子灰，正是君子報仇，半年未晚。心想好一個法子，好好地整格林一下。

　　格林一下飛機，原來約好的人沒有來接機，也沒有禮賓車，他只好坐計程車去旅館報到。

　　可是櫃檯的紅髮女郎花了半天仍找不到他的名字，只好很禮貌地說：「格林教授，很抱歉，大會沒有替你預定房間，可能他們遺漏了，你是他們最主要的主講人……看來是他們疏忽了，請你到休息室稍等一下，我替你調查一下。」

　　一等就是半天，格林不耐煩了。來到櫃檯前找到紅髮姑娘。

　　「請問你們查到原因了嗎？我明天一早就被安排演講，我希望先好好休息一下。」

　　「對不起，大會把你安排到郊外的一個三流旅館裏，是我們剛才知道的。本來我想去通知你……但你卻先來問我了。」

　　格林氣得鼻孔生煙。

　　「請問這次大會有幾個主持人？」

　　「就只有你一個。」

　　「既然只有我一個，你們怎麼可能把我安排到郊外三流旅館呢！」

　　「這我就不知道了，要我再問一下嗎？」

　　「好，我等著你的答覆。」

　　又是半個小時。

　　「我們找到賽門教授，他說本來是想把你安排在我們這裏的總統套房的，由旅館派最好的勞斯萊斯轎車到機場接你，可是旅館不但不肯派車接你，還把你的名字刪掉了，再把你安排到三里外的三流旅館裏呢！」

　　格林從來都是被人捧上天的貴賓，怎麼能忍得下這口惡氣，但他畢竟是有學問的有道德的人，不能不擺出一副紳士的風度。

「這又是什麼原因呢？」他很禮貌地問。

「旅館經理不肯說……你知道我們做職員的是不敢再追問的」

「我總得要弄明白的呀……你知道郊外旅館來回不方便，耽誤演講總是不大好吧？」

「我想你還是直接去問他好了……我可以替你接通他的辦公室電話。」

「謝謝！」

紅髮小姐又弄了半天，才把電話機交到格林手中。

「很抱歉，格林先生，我們不是不歡迎你，但我們不願意你住在我們這裏，原因我可以不說嗎？」

「你知道我是你們請來的客人。」格林強忍了一口惡氣，很禮貌地說：「這總不能算是你們待客之道吧」

「好，既然你一定要知道底細，我就直說吧。那是一年前你來我們這裏演講，你是住在總統套房，你穿著三角游泳褲從五樓的總統套房一直走到樓下的游泳池，最少有三位女士向我們投訴說以後不再來我們這裏住了……」

「當時你為什麼不告訴我？」

「我們通知賽門教授，心想由他告訴你更合適些……」

「但是他並沒有告訴我呀！」

「怎麼會呢？」經理一頭霧水：「我當時告訴賽門教授說只要你給我們寫幾個字說明在美國穿游泳褲在旅館行走是平常事，對我們這裏的規矩不太清楚，下次改正就可以了。但我們沒有收到你的信，心想一定是你生我們氣，怪我們大驚小怪，所以我們也不敢招待您老人家，怕你出洋相！」

「真是豈有此理，賽門這傢夥一定存心和我作對……」

「既然大家都明白了，那最好不過了。其實我們的總統套房一直都不敢租出去，就怕是一場誤會。好了！如你不介意。」說到這裏。經理狡滑地一笑「不再穿泳褲在大廳裏行走，我們很歡迎你住進我們的總統套房……而且，為了表示歉意，我們會送鮮花及香蕉到你的房間，你知道，我們一直以能有你這樣的佳賓為榮的。」

格林總算鬆了一口氣，但他卻不肯放過賽門，第二天大早，賽門電話裏說：

「哈囉！格林小老弟，很抱歉，因昨夜我的太太肚子痛，未能到旅館歡迎你，又怕你旅途勞累，可能要早點休息……。」

格林沒等他說完。「多謝老兄關照，我睡得很好，不過只睡了四個小時，其他時間是被旅館經理擋駕……」

「這就奇怪了，我們每次都替你安排住貴賓總統套房的嗎？他們為什麼會給你麻煩呢？」

「他們說你向他們告了我一狀，說我上次住在這裏時在游泳池裏小便，被一位女士看見了，所以這次不讓我住進來。後來我說你在說謊，他們相信我的話，還說你故態復萌呢！」

「什麼說謊，什麼故態復萌？我聽不懂。」那賽門急了。

「他們說你每次開會時總是挑幾個死對頭來作弄你不歡喜的客人，造謠生事，所以他們以後再也不聽你的話，另外，還有……」

「還有什麼？」

「還有櫃檯小姐說，你每次見到她時，你總是用你那對老鼠眼盯著她不放……她說她怕死你了……」

125

「真是豈有此理，我非找她算帳不可。她叫什麼名字？」

「我可沒問，況且你這個威風八面的皇牌教授總不會找一個年輕姑娘算帳的吧。不過我還是奉勸老兄一句，把你的犀利老鼠眼放在看氣胸上面吧！因為只有你才能用深吸氣的照片看出微小氣胸。我們是看不到的。所以只有我們才有資格看漂亮小姐，因為我們看氣胸是不用費神的，即使用同樣眼光看漂亮小姐，她仍只會認為我們是欣賞她，不像你那雙老鼠眼盯著人家不放⋯⋯」格林還在滔滔不絕地挖苦賽門，這時對方的電話已掛斷了。

開會的時候，輪到格林主講肺炎的分類。差不多每種性肺炎都有網狀變化的，火爆場面又來了。

先是賽門點火。

「格林教授，你講了四十五分鐘，用了五十三次網狀形態變化，請問那網狀形態是什麼東西？」用調侃的口吻。

格林卻不中計：「就是你老兄所講的纖維變性，不過那是病理醫生專用的名詞，我不想撈過界，像你老兄一樣！」

不過格林還是中計了，因為這裏是賽門的大本營，格林堅持自己一套會吃虧的，只見格林靈機一動，轉換話頭。

「不過我並沒有說你不對，我們是互相幽默一下而已，我們這些老傢夥一天到晚做著那些討人厭的研究，假如去掉了幽默，我們生活中的樂趣便等於零了⋯⋯所以⋯⋯你還想讓我講下去嗎？」格林望著賽門，故作神祕欲言又止之態。賽門又被弄糊塗了，又有點好奇。

「又有誰不讓你講話了？」

「好！假如我幽默地說那位漂亮小姐告你的狀，說你那老鼠眼盯著她不放，你又怎麼會生氣？我又怎能報得你昨晚故意不讓我睡好覺的一箭之仇呢？」

滿堂聽眾大笑不止。即使他們聽不懂他們講的是什麼，不過這兩個死對頭互相調侃對方已是盡人皆知的事。他們大概也猜到是怎麼一回事了！

不過我卻不懂，他們都是學富五車的世界權威人士，何故為一個名詞而動槍動刀呢？但想深一層，或許格林是對的，他們一天到晚鑽研學問，總得拿一些笑料來調劑一下身心，或許說年老而不失赤子之心罷，金庸小說中製造了一個老頑童周伯通，我們這裏何止一個周伯通！

遊記卷

孔雀之鄉

——德宏無處不風流

　　2008 年 2 月初，接到北京好友，中國文聯編審白舒榮老師電傳，邀請我和內子參加「四海作家雲南采風團」，到雲南滇西訪問參觀，為期 17 天。團長是我心儀已久的中國作家協會榮譽副會長鄧友梅（也常被膩稱為鄧大人），副團長是白老師和雲南作家陳志鵬老先生。受邀作家來自台、港，北美、歐洲、澳洲及東南亞，當然是一個會友交流學習的好機會。初時我一口答應，馬上取消了原已付費的阿拉斯加遊。但得知此行需要撰寫相關文章後，不禁有些猶豫起來，擔心自己這個半路出家的寫作人、缺乏文學大師的生花妙筆，難托重任。況且，我同時也接受了日本創價學會邀請，作為世界華文作家聯會代表團成員之一，跟隨團長潘耀明，到日本訪問 8 天，起程剛好是在雲南之行的最後一天，時間相銜緊湊，沒有遠遊後的喘息休整。但我還是決定成行，一來盛情難卻，更為著雲南滇西是夢寐嚮往的地方。

　　我如期報到，團隊如期出發，訪問團行程的首站是美麗的孔雀之鄉——德宏州。

　　德宏州地處雲南邊陲，有湛藍碧透的瑞麗江、人間仙境瑞麗莫里熱帶雨林景區、獨木成林的榕樹王、金碧輝煌的姐勒金塔、千姿百態的畹町生態園，以及如詩如畫的芒市、堪稱當今中國佛教第一塔的猛煥大金塔、中緬胞波情誼的橋樑等。她的美麗神奇，吸引了中外遊客，也成為很多影視作品的外景地。

一、莫里熱帶雨林景區秀色可餐

　　瑞麗位於瑞麗江畔，地處中緬邊境。4月中旬的陽光耀眼，和風從繁花的山林裏吹來，帶著一股幽香，混和著一息清涼的水氣，揉摩著行人的面頰，摧人欲睡。空氣清明，遠山近水盡入眼簾。瑞麗江秀美多姿，江水微蕩，波光粼粼，鳥兒在江面群起群落。江岸榕樹成群，鳳尾竹和傣族村寨點綴其間。我們馳過瑞麗江的峽谷，進入秀色可餐的熱帶雨林風景區——莫里。

　　莫里是個融和了天然景色的人工園林。一入景區，迎面就是各種千年古樹，還有千嬌百媚的上百種花卉和香科。正門後，有一座小廟，門旁有各色人造動物，活靈活現，栩栩如生。還有當年佛祖馴象時留下來的腳印，趾掌清晰可見。繞過小廟向前行，只見小鳥們在悠然地覓食，野生芭蕉樹在微風中婆娑起舞，色彩繽紛的各種野花競相綻放。一路上，淙淙奔流的山泉唱著歌向東。我們循聲行去，沿途成千上萬種熱帶和亞熱帶植物遮天蔽日，碗口粗的百年古藤像鞦韆又似吊床，橫掛在樹與樹之間。被視為「冷血殺手」的寄生植物，無聲地相互絞殺著。成片的千年古蕨、萬年古木化石疊床

架屋，陳列面前，讓人目不暇接。觀賞著獨特的熱帶雨林景觀，沐浴著清新的空氣，在不見天日的雨林中穿行約數百來呎，隱約聽到不遠處傳來轟轟的跌水聲，循聲行至峽谷盡頭，其聲竟大如雷鳴，眼界也豁然開闊起來，但見巨壁齊天，在雙峰對峙的廣弄山和廣馬山之間，一條巨幅瀑布從 70 米高的絕壁上傾瀉而下……這就到了熱帶雨林景區的盡頭——莫里瀑布。乘著步行後的微微熱氣，駐足瀑布前的巨石上觀景，瀑布濺起的水霧撲面而來，深深地一呼一吸，頓感神清氣爽。沿石梯而下，掬一捧清亮的山泉洗面，頓覺心曠神怡，或撿一粒斑斕山石，絕艷如珍珠瑪瑙。及至行到小橋之上，聽一回叢林細語，婉轉鳥鳴，沉浸在鳥語花香之中，那種舒適的感覺，簡直無以名狀。

二、獨樹成林、姐勒金塔和畹町生態園皆令人回味無窮

在瑞麗市姐勒鄉芒令寨旁，在風籟中，雲彩裏，遠遠就可看到一片偉岸青翠的榕樹林列隊路旁，就像在迎候遠方的客人。其實這片榕樹林僅是一株大榕樹，即 500 多歲的「榕樹王」，此「王」高達 36 米，共有數十個根立於地面，母樹主幹要 7、8 個人才能合抱，枝繁葉茂，氣根發達，覆蓋面寬達 4 畝多，呈現出「獨樹成林」的奇觀。有詩云：獨樹成林景中幽，竹園深處傣家樓，請到天涯地角來，一寨兩國花果州！勐巴娜西藏珍寶，盈江風光伊甸園，月亮島上情人朝，德宏無處不風流！芒令寨獨樹成林奇景，曾受諸多影視

劇作家、詩人和電影藝術家的青睞，從最早在德宏拍攝的電影《邊寨烽火》到《孔雀公主》、《西遊記》等十多部影視片中，都能看到它的英姿。

距瑞麗縣城 5 公里，姐勒鄉姐勒寨旁的小山上，有一座金碧輝煌的佛塔，極目遠眺，塔頂巍峨聳立，直插雲霄，它就是姐勒金塔，塔基圍有一圈石欄，周遭有石雕獅像，雄偉而聖潔。塔周古樹參天，清澈秀逸，盡脫塵埃氣，在莊嚴中透著嫵媚。此塔是在 2500 年前，為猛卯國國王召武定執政時所建，是瑞麗最古老的佛教建築。相傳很久以前，在金塔地基處，每當月明星稀之夜，就發出閃閃光芒，極為奇麗，令世人大為驚奇。掘地一看，發現佛祖遺骨舍利。於是眾佛教徒在原地建造此塔，旁邊建造一棟奘寺，以示祀意。從此姐勒金塔天天香火不斷，鮮花綠葉不衰。勐卯土司也在金塔做一年一度的佛事大擺，並代代相傳。

畹町生態園坐落在畹町經濟開發區西南 9 公里的瑞麗江畔，占地 300 畝。這是一座別具一格的熱帶生態公園，有人說，它是「中國孔雀的家園」。這裏林木蔥鬱、百鳥爭鳴，千餘隻美麗優雅的孔雀在姿蔓的草叢中，從容地咬嚼，偶爾展開五彩燦麗的羽毛，翩翩起舞。信步走來，有數十種飛禽等待著遊客的光臨，令人頓時好像處身於群鳥的伊甸園中。在這百鳥翔集，鳥語花香的世界裏，我突然感悟到何謂靈魂的愉悅。倚在榕樹下的竹樓小憩一陣，斜眼掃看百餘隻綠、藍、白三種孔雀和世界最大的鳥──鴕鳥及世界最小的鳥──蜂鳥等百餘種鳥類珍禽互相對話，再回眸一睹孔雀的芳容，那滋味真令人回味無窮。

三、猛煥大金塔，聖潔靈性傲世屹立

　　猛煥大金塔坐落在芒市城區東南方——孔雀湖畔的雷崖讓山之巔，四周山清水秀，鬱鬱蔥蔥，環境幽雅，視野遼闊。世界各地儘管有更美更莊嚴的建築，如曼谷的彿塔，巴黎的聖毋院、羅浮宮，雅典的阿波羅神殿，佛羅倫斯的大教堂，尼羅河邊的人面獸身金字塔，但猛煥大金塔與眾不同，你很難形容和說明它的神韻，可以說，再也找不出比它更有靈性、更能洗練人心靈的地方！處身其中，會被它那脫盡塵埃的意境所感染，如見世上稀有的圖畫，如聞蕭邦的小夜曲，心靈頓覺從未有過的陶醉。

　　猛煥大金塔塔高 73 米，底寬 50 米，高聳挺拔，雄偉壯觀，氣勢恢宏，屬南亞傣王宮的建築，有著深厚的民族文化內涵，。堪稱當今中國南傳上座部佛教第一塔。

　　猛煥大金塔可謂歷經滄桑，抗日戰爭時期，遭受了戰火的洗禮，佛塔損毀，經過了佛教信徒的重建。及在「文革」期間又遭到嚴重破壞，現仍遺留有佛塔殘磚碎。現今的瓦猛煥大金塔於 2004 年 6 月 30 日破土重建，比原塔更見輝煌。塔的總體結構為八角形空心佛塔，開有四道大門。大殿中央的頂天柱周邊塑有四尊天然漢白玉大佛像，東面釋迦牟尼佛像，西面是藥師佛像，南面是觀音菩薩像，北面是彌勒佛像。四尊大佛均為整塊 4 米多高的緬甸上等漢白玉雕塑，大殿氣勢磅礴，金碧輝煌。

　　大殿內的二樓、三樓展示反映佛祖生平及教義的壁畫和器物，第二、三層外平台分別建有十六座造型別致的群塔，第四層外平台建有八個具有佛教藝術創意精美的花瓶塔。塔旁有一座金光耀眼的金雞，造型生動，傳說釋加牟尼生前轉世為金雞「阿鸞」時曾生活於此地。至今，金雞猶閃耀著佛祖當年聖潔的精神。

　　行色匆匆，草草一瞥，德宏無處不風流。

陳若曦、尹浩鏐、尤今、尹淑英。

沖繩，久違了！

20 多年前我去過沖繩，對沖繩的風景、沖繩的海洋、沖繩的時尚，沖繩的音樂，沖繩獨特的休閒文化，甚至沖繩在二戰末期的那段慘烈的歷史，難以忘懷。

沖繩是位於日本最南端，由 160 餘個小島組成的沖繩群島的主島。由於其特殊的地理位置，二戰後期，成為日美最後的決戰場。

1945 年 3 月 30 日凌晨 4 時，上千架美國軍機和上萬地面部隊朝沖繩列島鋪天蓋地撲來，頃刻間槍炮聲驚天動地。日軍頑抗了 3 個多月，到戰鬥結束時，美軍傷亡 7 萬餘人，日軍死亡 9 萬餘人，被俘 7400 人。同時，迫於日本軍方命令，當地平民集體自殺，死亡超過 10 萬人。沖繩縣約四分之一的人口喪生。此外，戰爭期間，大批沖繩人被強征去侵略鄰國，有 2 萬多做了異鄉之鬼。

今年四月，蒙日本創價學會之邀赴日訪問，得知有機會再見沖繩，心中充滿了澎湃的期待，20 多年後的沖繩將以何種面目迎接故人？

那霸市的櫻花張著粉嘟嘟的笑臉迎客

飛機準時降落沖繩機場，我們在那霸市落腳。

那霸市是沖繩縣的首府，距離東京 1550 公里、上海 820 公里、台北 630 公里，人口約 150 萬人左右。

4月的那霸市春光明媚，宛若台灣的花蓮，繁花似錦，樹影婆娑，花香鳥語，充滿了南國特有的熱情和旺盛的生命力。

走在那霸市大街上，但見櫻花張著粉嘟嘟的燦爛笑臉迎客。日本的櫻花在沖繩地區最長壽，它們最先綻放，卻最晚凋零。一座酒吧裏傳出古謝美佐子的歌，她那悲涼的嗓音，唱著沖繩的歷史，使人想起 64 年前，這裏曾經是座戰後的死城，一片焦土。念及此，我的眼睛不禁有些潮濕。

沖繩人善良而堅強，對過往的遭遇不怨天不怨地，他們說：戰爭帶給我們苦難，怪誰？要怪，也只能怪自己。從今以後，若別人對不起我，不怪別人，我會睡得好；但若我對不起人，我就不能睡了。來罷，異鄉來的朋友，讓我們舉起酒杯，乾一杯我們沖繩的醇露，讓人間的苦難永不再來，讓人間充滿了愛！

愛好和平的沖繩人不得不天天面對美軍基地

乘車子出了那霸市，我們前往參觀創價學會研修道場。在藍天海岸，蒼翠的森林和一望無際的葡萄園間，滿布著遼闊的美軍基地。沖繩人自古愛好和平，卻不得不整日與飛機和戰艦為鄰，時時提醒他們曾有過的創痛。

沖繩美軍基地是根據 1952 年簽訂的《日美安保條約》建成的。當時美國用強權通過「土地徵用令」，在槍炮和推土機轟鳴中於他國土地上建起了自己的軍事基地。由於沖繩美軍基地「只對盟國開放」，中國來訪者只得遠望，無法靠近。在沖繩，美軍基地到底有

多少？我沒有打聽。初步估計，基地面積占地不少於沖繩總面積 50% 以上。據瞭解，2001 年與中國軍機相撞的美軍 EP-3 偵察機，就是從沖繩嘉手納基地起飛的。

近年來，日本當局一直在渲染「中國威脅」，但沖繩人絕不相信。他們認為，與亞洲鄰國合作與交流是日本發展應該走的路。據說，目前在沖繩學習的留學生有 80% 來自中國。稻嶺惠一知事說，沖繩對中國的感情最好。他希望有更多的中國人能來沖繩領略美麗的風景。

和平紀念館傳達著人類對和平的信念

和平紀念館是世界創價學會會長池田大作先生在沖繩恩納村建立起來的。該館原址為美軍核導彈基地，基地內的核導彈專門指向中國，北京和上海等主要城市都在其射程之內。

1983 年，這個基地被廢棄，池田大作買下了這塊土地。他是日本當代著名的思想家、教育家和社會活動家。當時，人們要把基地全部拆毀，池田大作卻要求永久保留基地的遺跡，作為人類曾進行過戰爭這種愚蠢行為的一個活的見證。由此，摧毀人類的地獄變成了永遠和平的要塞。

創價學會在沖繩的負責人桃園正義先生帶領我們參觀了這個紀念館。

儘管已經時隔 64 年，但是在這裡，你仿佛仍然可以看到當年戰爭的硝煙，那場戰役的慘烈和戰爭的猙獰依舊歷歷在目。這座和

平紀念館，對於那場戰爭中暴露出的人性的罪惡，正在用自己的方式進行著控訴。

在和平紀念館的院子裏，坐落著一座世界和平之碑。上面刻著池田大作寫的一篇碑文。他說：戰爭與核武源於人的內心。因此，必須首先改變人的內心，使其向善。這個小島見證人類史上的悲劇，因此，人類史上從罪惡到善良也應該從此地開始。他又說：和平，絕不僅僅是戰爭的間歇，它更是人類和諧相處的必然。

1964 年，年輕的池田大作在沖繩開始了他的長篇小說《人間革命》的創作。他寫下的第一句話就是：「沒有任何事比戰爭更殘酷，沒有任何事比戰爭更悲慘」。在序言中，池田大作又寫道：「偉大的人間革命，終將實現一國宿命的轉變，進而可能轉變全人類的宿命。」他多才多藝，文、詩、畫、攝影皆精，曾被授予桂冠詩人稱號。他的《人間革命》風行全世界，迄今已發行 4 仟萬冊；他年近古稀，仍不辭艱苦，為世界和平四處奔走，他的寫作從未間斷，他現在還在寫《新人間革命》，是《人間革命》的續篇。

池田大作一生都在致力於人類和平和教育事業，他訪問過 50 多個國家，與各國領袖、政治家、學者會面，交流和探討人類面對的各種難題和解決方法，深受世人敬重，他得獎無數，曾獲得聯合國和平獎、愛因斯坦和平獎等多項榮譽，也是中日友好的「和平使者」，協助促成中日建交，是中國人民的好朋友。同時，他被世界 200 多所大學授予榮譽博士學位，被世界 400 多個城市授予榮譽市民的稱號。筆者也不避淺薄，題詩一首，以表景仰之情：

　　池田大名垂宇宙，和平功業頌千秋；
　　文章無價傳四海，恰似江河萬世流。

　　沖繩島戰役美日陣亡的官兵和平民，不分敵我，包括所有死難者，傳達的訊息是：敵我雙方都是戰爭的受害者，和平是全人類的共同願望。

首理城結合了中國和日本的傳統建築風格

　　首裏城位於那霸市內的「首理金城町」，為著名琉球王國的王宮衛城，是個富有琉球王朝風味的重要古都，始建於 13 世紀末至 14 世紀初，是琉球王國的政治和權力的中心，不幸於第二次世界大戰中毀於戰火，1992 年重建。首理城的建築依照同時期明清的紫禁城作為藍本，結合了中國和日本傳統的建築風格，形態宏偉，色彩鮮豔。國王辦公的地方為「正殿」，是琉球王國以紅色為基調的最大的木結構建築。正殿裡展示了豐富的琉球王朝時代歷史文物，其形形色色的裝飾和雕刻精美絕倫，讓人彷彿漫步於五百年前的古老王朝。「北殿」是接待中國冊封的使節的場所，「南殿」則用來接待來自薩摩藩的藝人。

　　首理城面對碧藍的大海，長年都沐浴在燦爛的陽光裏，這片處處鮮花盛開的土地，是日本人心目中的世外桃園。每年元旦一過，日本的「櫻花前線」已然蓄勢待發，繽紛多姿的櫻花把首理公園打扮得千嬌百媚。

　　琉球國王尚有離宮識名園，建於 17 世紀末，是一座相當寬敞的日式造景庭園。園內優美的木造建築上覆蓋著紅色的瓦片。我們沿著環園步道，走過樹林、池塘，但見映山紅盛開，白色蝴蝶翻飛，櫻花香撲鼻，我彷彿又回到了二十多年前。

和平紀念館傳達著人類對和平的信念
（左起：桃園正義、彭潔明、尹浩鏐、貝鈞琪、潘耀明、陸士清、王烈耀、山本）

本書作者尹浩鏐題詩

國殤墓園祭英魂

　　騰沖為雲南省西部重鎮，1942 年被日本侵略軍佔領。1944 年 5 月，為了完成打通中緬公路的戰略計畫，策應密支那駐印軍作戰，中國遠征軍第二十集團軍以六個師的兵力向佔據騰沖達兩年之久的侵華日軍發起反攻，經歷大小戰鬥 80 餘次，於 9 月 14 日收復騰沖城，全殲守城日軍 6 千餘人，我軍亦陣亡少將團長李頤、覃子斌等將士 8000 餘人，地方武裝陣亡官兵 1000 餘人，盟軍（美）陣亡將士 19 名。為紀念捐軀英烈，騰沖人民於 1945 年在騰沖古城郊外迭水河畔小團坡下一座圓形小山上，修建了一座烈士陵園，作為「二戰」時為光復騰沖而壯烈殉國的中國遠征軍九千烈士的靈魂棲息地。烈士陵園於 1945 年 7 月 7 日（即蘆溝橋事變 8 周年紀念日）落成。由辛亥革命元老、愛國人士李根源先生取楚辭「國殤」之篇名，為國殤墓園。

　　國殤墓園埋葬著滇西抗戰中為國捐軀的 8000 名英烈的遺骨，這是目前全國最大的烈士陵園。旁邊建有「攻克騰沖陣亡將士紀念塔」、「騰沖戰區抗日烈士墓」、「抗日英烈紀念堂」。四月陽光耀眼，四海作家滇西采風團全體團員步行上山，由墓園大門循石級而上，兩旁松林密佈，及至第二級台階，就可以看到李根源書，蔣中正題之「碧血千秋」石碑，再上則建有忠烈祠，祠堂正門上懸掛著國民

黨元老右任手書的「忠烈祠」匾額，祠的上簷則懸著蔣中正題「河岳英靈」字匾，祠內外立柱懸掛何應欽及遠征軍二十集團軍軍、師將領的題聯；走廊兩側有蔣中正簽署的保護國殤墓園的通告，祠內正面為孫中山像及遺囑，台上擺著一排花盆，盆中都整整齊齊地種著黃菊，點綴著各色鮮花，兩旁擺放著多位國家領導人及國際友人送來的花圈，使整個大堂更顯莊嚴。

進了忠烈祠，旅美作家簡宛與新加坡作家尤今代表海外作家持大花圈祭獻，我們集體向烈士們行三鞠躬禮，儀式莊嚴隆重。

忠烈祠後小碑林立，碑下均葬有陣亡官兵骨灰罐。碑石共 3168座，每塊碑石上刻有當年陣亡烈士的姓名、籍貫、軍銜、職務等。四周蒼松翠柏，草青花茂，長伴著我中華烈士的英靈。墓園偏側，有「倭塚」一座，埋日軍屍骨於其中，以示我之仁慈。

這讓我想起岳王墓門上刻著一副對聯：「青山有幸埋忠骨，白鐵無辜鑄佞臣」。「倭塚」裏的這些異鄉的亡魂，不也是當年瘋狂的日本戰爭狂人鐵蹄下的犧牲者？是愚昧無知的服從驅使他們成為殺人惡魔？抑或迫於無奈，或者兼而有之？若他們泉下有知，會為他們當年的罪行良心不安嗎？

日前筆者曾應促成中日和平條約的世界創價學會會長池田大作先生的邀請訪問了沖繩，發現那裏死於二戰者，占沖繩總人口的三分之一，其中不少青年婦女是被日本當局強迫自殺的。現今的日本人對戰爭深惡痛絕，為了不讓後人忘記戰爭的慘痛，池田大作先生在沖繩恩納村建立了一個和平紀念館。該館原址為美軍核導彈基地，基地內的核導彈專門指向中國，北京和上海等主要城市都在其射程之內。

　　1983 年，這個基地被廢棄，池田大作買下了這塊土地。他是日本當代著名的思想家、教育家和社會活動家。當時，人們要把基地全部拆毀，池田大作卻要求永遠保留基地的遺跡，作為人類曾進行過戰爭這種愚蠢行為的一個活的見證。由此，摧毀人類的地獄變成了永遠和平的要塞。

　　儘管已經時隔 64 年，但是在這裏，你仿佛仍然可以看到當年戰爭的硝煙，那場戰役的慘烈和戰爭的猙獰依舊歷歷在目。這座和平紀念館，對於那場戰爭中暴露出的人性的罪惡，正在用自己的方式進行著控訴。

　　在和平紀念館的院子裏，坐落著一座世界和平之碑。上面刻著池田大作寫的一篇碑文。他說：戰爭與核武沿於人的內心。因此，必須首先改變人的內心，使其向善。這個小島見證人類史上的悲劇，開發人類智力的源頭，多是由災難來促成的，因此，人類史上從罪惡到善良也應該從此地開始。他又說：和平，絕不僅僅是戰爭的間歇，它更是人類和諧相處的必然。

　　沖繩島戰役美日陣亡的官兵和平民，不分敵我，包括所有死難者，傳達的資訊是：敵我雙方都是戰爭的受害者，和平是全人類的共同願望。我們從戰爭中得到了教訓，我們應在戰爭的慘痛中學習、修養、覺悟、從苦痛中發現我們的內蘊的寶藏，從苦痛中領會人生的真締。

　　步出墓園，豔麗的日輝從蒼松翠柏中透射進來，灑滿了我的全身，我彷彿在無窮的碧空中，在綠葉的光澤裏，看到了希望，希望將來不再有戰爭，人類保持永遠的和諧。

遠征軍抗日陣亡將士墓

一粒沙塵看世界，半邊花瓣說人情

——讀潘天良的《奇幻之都—拉斯維加斯深度遊》 兼論旅遊文學的價值

在旅遊熱興起的今天，旅遊文學的寫作也漸成時尚，特別近幾年，隨著旅遊業的發展，各種文體的旅遊作品以前所未有的多種姿態活躍在文壇上，而以散文顯得更為突出。拉斯維加斯也有一些華文作家從事旅遊文學創作，其中以潘天良的成績較為突出。

潘天良是拉斯維加斯華文作家協會前任會長，著有《奇幻之都——拉斯維加斯深度遊》、《天涯海角行旅心》、《居美隨筆》及《美國萬花筒》等。《美國華裔名人年鑒》稱其作品「多方面反映美國社會林林總總，字裏行間洋溢著愛心和善意，強烈引起羈旅異域者感情共鳴。」他的《奇幻之都——拉斯維加斯深度遊》是認識和瞭解世界著名賭城拉斯維加斯的一部重要旅遊文學著作。

一、精雕細琢瓊樓玉宇

潘天良通過自己的觀察和感悟，在《奇幻之都——拉斯維加斯深度遊》中，用文字再現了賭城精雕細琢的瓊樓玉宇，讓沒有遊過

拉斯維加斯的讀者，仿佛置身其中。他筆下的這座賭城，蕩滌了情
色和暴力，惟有精美絕倫的氣象萬千。且看他如何描寫巴黎香榭大
道的浪漫風情：

> 就在這一刻，法蘭西首都的艾菲爾鐵塔，罕見的將燈光熄
> 滅，寓意將她舉世觸目的光芒，傳遞給位於拉斯維加斯的姐
> 妹塔。這一瞬，新落成的拉斯維加斯的艾菲爾鐵塔，忽然燈
> 火齊明，五彩繽紛的煙花從高塔射向天空，一幅法國色彩的
> 瑰麗畫面，在萬眾的喝采聲中呈現在內華達沙漠的夜空……

正如美國華文著名女作家曉亞所稱：「潘天良文筆流暢優美，
透過他的文字，我們也彷彿走入書中天地，與他一同走訪沙漠中的
海市蜃樓。」又說：「他令人擺脫了走馬看花的平淡無奇，多了份
深刻雋永的餘韻供讀者品賞。」潘天良不但傳播賭城的美景，還啟
迪人與賭城和諧意識，帶領讀者從繁華的景象中認識到美的自然。
在阿拉丁（Aladdin），他在細訴天方夜譚的故事；在百樂宮（Bellagio），
他在展現晶瑩剔透的水舞世界；在凱撒宮（CaesarsPalace），他令人
回味當年古羅馬的風光；在馬戲團（CircusCircus），他帶領孩子們
穿過神祕的冒險天堂；在神劍（Excalibur），他在探訪埃及君王和
圓桌武士的祕密；在希爾頓（LasVegasHilton），他令人置身於星艦
的迷航；在金字塔（Luxor），他揭開法老王寢宮的祕密；在曼德勒
灣（MandalayBay）他將緬甸的熱帶海灣風情，移植到內華達的沙
漠瘠土上；在米高梅（MGMGrand），他描敘這個金壁輝煌世界最
大的旅館，如何在賭城獨領風騷；在金殿（TheMirage），他向人展
示火山爆發的奇觀；在蒙地卡羅（MonteCarlo），他教人如何品味

歐洲貴族氣息：在麗豪（RioSuite），他讓人參加風姿萬千的空中化裝舞會；在威尼斯（TheVenetian），讓人重溫文藝復興風采；還有那雄視拉斯維加斯的雲霄塔（Stratosphere）。均令人目不暇給。

　　該書文筆流暢，涵蓋各個超級豪華賭場壯觀、千嬌百媚的奇觀景緻，形形色色的巨型舞台表演，配上賭城傑出華人奮鬥成功的傳奇故事，不同層次的遊覽觀光，賭城居民生活，表面風華的風塵女郎背後的辛酸，閃電結婚和離婚等等各種離奇故事，無不令人驚嘆。

　　拉斯維加斯在潘天良筆下，從高尚到貪婪，一應俱全。賭場大起大落的刺激，秀場高潮迭起的賞心悅目，大小型賭場的各出奇招、極盡奢華的排場，讓金錢發揮到極緻，從而通過金錢、夢想與享樂的極致，展示人性的本色，啟迪人們知足常樂的道理。

　　《奇幻之都——拉斯維加斯深度遊》既有旅遊散文紀實的基本特徵，又充滿了審美性和哲思性，為旅遊文學注入了新的人文內涵和文學品格。潘天良沒有太奢筆於賭場文化，他認為賭錢源於貪婪的內心，沉迷賭博終會使人身敗名裂。我的感覺是，潘天良要我們遊拉斯維加斯，是要告訴我們：有錢而精神淺薄的人是穿著錦衣的窮人；沉迷遊樂而心靈空虛的人是精神的赤貧者。

　　遊記寫作是創造美和感受美的一個過程，二者統一於主體的內在審美培育。旅遊與寫作互為因果，豐富了世界和生活。文學對景物的再造功能，完全取決於作家的文學精神和文字功底，有了文學精神的介入，就提高了旅遊的檔次，就有了旅遊景點經典的定位，這是形成文化品牌最重要的要素之一。在這裏，怎麼創作，都是為

了創造出一種比實景點更美的美。這些文字，都有它的實在性、思想性和藝術性。

請看，作者是如何用簡練而極富色彩的語言來描畫這奇幻之都：

「夜間，汽車穿過荒僻的大沙漠，爬上光禿禿的山嶺，再從四千英尺高處飛馳而下，越過一個個山頭，忽然在眼前呈現一片燈的海洋，比夜空的繁星耀眼百倍，比彩虹的色彩豔麗奪目，這就是內華達大漠中的奇幻之都──拉斯維加斯。」

「迎面而來的是一座座瓊樓玉宇，通街擁擠著人流笑臉。來自五洲四海，穿不同國度服飾的男女引頸觀看：這邊閃出紅光熱浪──是人造的「火山噴發」，那邊傳來炮聲隆隆──是當街表演「妖女戰海盜」；才走出尖尖的古埃及金字塔，又來到高高的自由女神腳下；巴黎鐵塔從平地躍起，人造西湖就在鬧市當中……」

可貴的是，作者進一步道出在天堂般美豔之下的賭城真相：

> 「這是一座不夜城，通宵達旦的霓虹燈，夜夜笙歌熱舞，一天 24 小時的吃、喝、玩、樂……來自全世界的豪富揮金如土，人人在為這沙漠中的華廈添磚加瓦。」

好一個「添磚加瓦」！委婉而巧妙地告訴遊客：這奇幻繁華之都，也正是破財豪奪之鄉，千萬要當心你的銀包啊！

愛寫旅遊散文的作家，少不了讀萬卷書，行萬里路。台灣已故作家三毛，獨自一人走遍萬水千山，再用自己的筆寫出她心目中的世外桃園，讓人們從她的文字中獲得快樂。她的文字是真實的，讓人瞭解異國的風情，瞭解他國的山水地貌；她的描寫是感性的，有哲理性的，她的書與其說是最好的小說，不如說是最美的散文。她

娓娓道來，令人迷戀，不願從她的書裏走出來。余秋雨的文化苦旅，尤今的作品如此，潘天良的書，又何嘗不是呢？

一位德國詩人這樣說：「心靈的寶座建立在內在世界和外在世界的相通之處，位於這兩個世界重疊的每一點。」在這些重疊點上，作家們創造了一片景物與一縷思緒相結合的美學境界。

二、湖光山色美不勝收

《奇幻之都──拉斯維加斯深度遊》對賭城的山水，也有精闢的描述。且看他如何寫內華達沙漠的綠州──查爾斯頓山（MountCharleston）的變化萬千：

「春天山間瀑布潺潺流下，花草飛鳥從冬眠中甦醒，夏天涼風習習，滿山樹林鬱鬱蔥蔥，秋天落日晚雲，冬日雪花飄飄，皚皚白雪染白了山林……」

著名的旅行文學家徐霞客用三十多年的時間，靠徒步旅行考察，走遍了中國的名山大川，寫下上百萬字的遊記，他筆下的許多名勝古跡如今只有遺址，如果沒有他的記錄，誰能說得清這些遺址三百年前的真實景致？有誰能說，三百年後，查爾斯頓山不會隨著地球暖化而變了樣？有了潘天良，查爾斯頓山將會給人留下多麼美好的景象！可以說好的文學作品對景致有一定的再造功能。一個好的遊記作者，他會把旅遊與寫作結合起來來創作美的景象，他們會在字裏行間，推介當地的歷史文化，從而啟迪人類產生一種與自然和諧的意識，讓人類對自然和自然中的草木花卉動物等等產生愛心。

常人說：「不登山，不知山高；不涉水，不曉水深；不賞奇景，怎知其絕妙。」「讀萬卷書，還須行萬里路。」只有親身實踐，身臨其境，才有切身體會。登高一望，才會領略到謝靈運登三山所見京邑的壯麗和「餘霞散成綺，澄江靜如練」的大自然的美景；不上廬山，又怎能體會到李白的「飛流直下三千尺，疑是銀河落九天」的氣魄？。一旦你的心境融入大自然的美景中，你會覺得，生活原來是那麼美好和喜悅，處處充滿陽光。

再看潘天良如何描遊米德湖（LakeMead）的：

> 「米德湖的水清澈、碧綠、平靜，如同躺在大漠懷裏的一面玉鏡，倒影出碧藍晴空，幾片白雲襯托著沿岸光禿的山嶺，別有一番沙漠難見的風光。」

遊一處風景，尋一處特色；見一處美景，悟一片心得。再賦美景以人文，還自然以生命，潘文正是從一粒沙塵看世界，用半瓣花上說人情啊。

描寫美好景物有時也可給人帶來另一番意象？且看《牡丹亭》的詩句：

> 「原來姹紫嫣紅開遍，似這般都賦與斷井頹垣。良辰美景奈何天，賞心樂事誰家院？朝飛暮卷，雲霞翠軒，雨絲風片，煙波畫船。錦屏人忒看的這韶光賤！」

道盡了人世滄桑，讀之，能不令人心靈震顫？

再看馬致遠《秋思》：

「枯藤老樹昏鴉，小橋流水人家，古道西風瘦馬。夕陽西下，
斷腸人在天涯。」

有誰能用蕭瑟淒涼的秋色，從而引發一個飄零異鄉、無所依歸
的旅人的一腔愁緒？。

面對美麗湖光山色，也可令人想起家園。拜倫因私生活受到上
流社會的排斥，憤而移居義大利。在義大利，他寫了《恰爾德‧哈
囉爾德遊記》，一夜醒來，名揚天下。他來到阿爾比斯山前：

「阿爾比斯的宏偉景象就在我的面前，
它是我想像的豐富泉源，對它讚歎
已成為我每天必然的應景文章；
對它更深的凝視卻能引起更珍貴的冥想，
那靜謐的思潮自然取代了孤獨的淒清。
許多心想的事物都在我面前顯現：
而且，我還能看見一片醉人的湖泊，
它比我們家鄉的更秀麗，雖比不上家鄉的親切自然。」

當代美國作家賽雅克斯（PaulTheroux）說：

「孤獨的旅人走過地理上的窄徑，蹣跚的步伐漸趨漫漶。但
旅行之書則不然。愈是孤單的旅程，他在空間實驗所說的
故事，將大過於生命本身。」

　　一個異鄉遊子，離別故鄉故人，最容易觸景生情，引發對家園的眷戀。拜倫給他過繼姐姐的情書，流傳千古，難道不是阿爾比斯的宏偉景象所勾引出來的？

　　再看柳永的《雨霖鈴》：

「寒蟬淒切　對長亭晚　驟雨初歇　都門帳飲無緒

　方留戀處　蘭舟催發　執手相看淚眼　竟無語凝噎

　念此去　千里煙波　暮靄沉沉楚天闊　多情自古傷離別

　更那堪　冷落清秋節　今宵酒醒何處　楊柳岸曉風殘月

　此去經年　應是良辰美景虛設　便縱有千種風情

　更與何人說」

　　柳永因被稱薄於操行，遭皇帝冷落，但今人只記得柳詞，有誰記得，或在乎那位宋仁宗？可見好的情景文章，有多麼的感人！

　　旅遊與文學之間的彼此串連，如何藉由異鄉景物風光的流動，引發旅行者心靈景物的互動，以寫出好看又深刻的旅遊文學？行與知，是重要實踐。讀萬卷書，走萬里路。親歷親見，才能豐富思想，豐富精神。或說錦繡文章腳寫成，實不為過。

　　人寫自然。自然寫人。人若不能為自然感動，不能因美景生情，不能一葉知秋，不能知冷暖時令，就寫不出好文章。天下文章，多因自然而不朽，天下名山大川，因名篇而永傳。王維的南山，張若虛的春江，李白的名山大川，柳永的雨霖鈴，蘇軾的西湖，酈道元的《水經注》，徐霞客的遊記，華爾華滋的水仙，雪萊的西風，濟慈的夜鶯，泰戈爾的月亮，徐志摩的康橋，千古傳頌，豈是偶然？是美麗的自然給了作家、詩人以靈感，作家給了自然以生命，王勃

著《滕王閣序》，范仲淹作《岳陽樓記》，崔顥題《黃鶴樓》，造就了天下三大名樓，古今中外，有誰不知？

三、行萬里路，讀萬卷書

旅遊文學中的瑰寶如玄奘法師的《大唐西域記》或馬可孛羅的《東方見聞錄》，使當代人大開眼界。即使到了今天，通過他們的記載，帶領我們看到當年的神祕世界，引起我們內心思古之幽情，讀之如飲醇露，如聽音樂，其快樂也，豈是跳舞場中的聲色，或看逸園中的賽狗可比擬！那地方，也許你從來沒有去過，但它的氣味、感觸、溫度，就像在你身旁一樣的接近，世界著名的丹麥作家安徒生說過一句名言：「旅遊就是生活」。此說非虛也。

最好的旅遊作品，應是有行有知有性有情的文章。自然之誘惑，乃人世之誘惑。行無窮盡，知無窮盡。人生苦短，窮其一生，也只能看到有限的河山，能看到像《奇幻之都》這種文采飛翔，把景色融入懷中的文章，自然是一生一大快事。

我在給《明報月刊》寫的人生小品一文中寫道：我認為人生最重要的有三大元素，自然、文學、親情及友情：

「人要靠近自然，汲取大自然的山巒靈氣。書是人類的財富，你會從喜愛的書中領略出睿智的思想。酣暢淋漓的筆墨能使你意動神搖，讓你領略人生的千姿百態，感悟人生的美好。親情和友情能令你豐富人生的光譜，讓回憶變得溫馨動人，使你更加珍惜眼前的大好光陰，對未來充滿希望。」

　　當你一個人獨處的時候，只要手上有一本好書，尤其一本像《奇幻之都》這樣的好書，它會把你帶到那奇幻的境界，與作者一同感悟到像拉斯維加斯這個紙醉金迷的之都，在繁華的外衣下，卻是一處可以洗淨心靈的美好的地方。

　　行萬里路，讀萬卷書，當然是最理想的，但若你老了，身體不好了，或身上缺錢，或不想去旅行，但你的生命空間卻仍很開闊，因為你喜歡閱讀！你把人類已有的思維精華吸收到自己身上來，

　　我在一次給台大醫學院校友會的演講中說道：

　　「世界上沒有窮人的，因為窮人與富人同享一個月亮，一個太陽，世上最大的財富是浩如滄海的書，和那用之不竭，享之不盡的明月清風，你若愛讀書，雖窮亦富，你不讀書，雖富亦窮，胸中無一墨，你就領略不了人生真正的樂趣！閱讀是把一個人從平庸的狀態中超拔出來最重要的途徑。」

　　杜威說，「讀書是一種探險，如探新大陸，如征新土壤」；法郎士也說：「讀書是靈魂的壯遊」，隨時可發現名山巨川，古蹟名勝、深林幽谷、奇花異卉。」人生在世，能及時行樂，處事泰然，動如脫兔，周遊世界；靜如處子，讀書為樂。我想，如果我們能效法李清照與趙明誠，一面品佳茗，一面校經籍，這種生活，能不令人嚮往？

人物印象卷

喜會高爾泰

很早，我就拜讀過高爾泰先生的文章。

1957 年，我十九歲，被打成右派，那時，北京《新建設》月刊剛發表高爾泰先生的處女作〈論美〉。我記得，我是躲在中山醫科大學圖書館一個陰暗的角落裏偷偷讀他這篇文章的。那個時候，年輕的我對於美學還不怎麼瞭解，只感覺他的文章很「異類」，對當時流行的觀點「美是客觀存在」唱反調，認為美是主觀的，是人的感覺的評價，無異感覺本身，並且因人因時因地因事而異，取決於各個審美者的不同心境。他還說，審美活動是心的創造，藝術創作不是現實的複製，而是靈感的表現。

在當時那個年代，居然有這麼一篇「唯心主義」的東西，不是和客觀的「唯物主義」對著幹嗎？而且居然還敢大膽發表，不是自找麻煩？果然不出所料，他的這篇文章立即掀起一場美學大討論，厄運開始降臨在他的頭上。不久，他就遭到批判和圍剿，被打成右派，下放到戈壁灘、沙漠中進行勞動教養，整整二十三年。在此期間，我一直漂流海外，一直掛念他，留意他的行蹤，但沒有聽到任何有關他的消息，也無從打聽，他仿佛銷聲匿跡了似的。

直到八十年代，我又重新看到高爾泰先生論美學的書。1982年之後，他陸續在甘肅出版社、人民文學出版社出版了《論美》、《美是自由的象徵》，並發表了一些論文，都是不可多得的好文章，當時在大陸風行一時，引得洛陽紙貴，連在海外的我也得以聞知，特意找來看。

他的文章寫得很「美」，充滿詩意。我還記得他在《美是自由的象徵》中說，美是人的本質的物件化；人的本質是自由；所以美是自由的象徵。在他看來，美的意義是人類賦予的，許多沒有生命的死的東西，之所以美，是因為他表現了人類美感的形式，離開了人，離開了人的主觀感受，就沒有美。只有人存在，它才存在。因此，「有沒有客觀存在的美」呢？對此，高爾泰做了斷然否定的回答。在他看來，美是自由的象徵。

對於美學我是外行，但我鍾情於他那爐火純青的文字，質樸而細膩，用感性的文字描繪出精美的畫面，不時閃現著哲學智慧的光芒，有朋友告訴我，在美學界，他和朱光潛、宗白華、蔡儀、李澤厚齊名。

我聽後，對先生更加折服，之後，更加關注先生的文字，可惜並不多見，這讓我心存遺憾。直到近年來，在《讀書》《今天》等雜誌上看到他的一些散文，依然充滿力感與詩意，也得以知道了他的一些故事，讓我唏噓感慨不已。

或正如他在〈面壁〉一文中所說：唐窟中最使我傾心的，還是雕塑……同為佛教諸神，卻各有個性。阿難單純質樸；迦葉飽經風霜；觀音呢，聖潔而又仁慈。他們全都赤著腳，像是剛剛從風炙土灼的沙漠裏走來，歷盡千辛萬苦，面對著來日大難，既沒

有畏懼，也沒有抱怨，視未來如過去，不知不覺征服了苦難。138
窟的臥佛，是釋迦牟尼臨終時的造像，姿勢單純自然，臉容恬
淡安詳，如睡夢覺，如蓮花開，視終極如開端，不知不覺征服了
死亡。

　　作家高伐林曾拜訪過高爾泰，他當時很有感觸地寫道：「避開
政治漩渦，政治漩渦卻屢屢將他吞噬；想遠離塵世喧囂，塵世喧囂
卻往往揮之難去。然而，迭遭時代翻覆身世甘苦，卻能童心未鑿一
派天真；受盡挫折頻遇算計，卻能保有追求真理的勇氣和激情……
他就是高爾泰。」

　　讓我遺憾的是，雖然拜讀高爾泰先生的文章已有半個世紀之
久，但卻一直無緣與他相識。去年，在拉斯維加斯一次文聯餐會上，
我終於有幸第一次見到了我所敬仰的高爾泰先生。

　　後來，他的夫人小雨告訴我，我才知道了高爾泰先生的詳細生
平。先生江蘇高淳人，1935 年出生，少小就外出求學；畢業後被分
配到西北「支邊」，21 歲時因發表論文〈論美〉而遭到批判，隨後
被劃為右派、開除公職，發配到酒泉夾邊溝農場改造，在那裏九死
一生。1962 年春解除勞教，到敦煌文物研究所。文革爆發後受批鬥，
後在五七幹校勞動。1977 年平反後，輾轉蘭州、北京、天津、成都、
南京等地大學任教。1989 年之後，已年過花甲的他以「反革命宣傳
煽動罪」被捕入獄。先後關押在南京娃娃橋監獄、成都四川省看守
所。1990 年春節前「結束審查」。1992 年 6 月經祕密通道離境，7
月 11 日抵達香港。1993 年輾轉抵達美國，得到政治難民庇護。去
年來到我所居住的這個城市拉斯維加斯定居，這也讓我終於得以有
機會見到這位我心儀已久的美學家、哲學家和畫家高爾泰先生。

　　我原以為一生都在追求「美」的他，一定也會把自己修飾的很美。見了面，才發現他身材高大，狀貌粗獷、衣著樸素、言辭木訥，不像一位學者，更像一個農民，眼睛經常眯成一條縫。他的聽力不是很好，坐在那裏並不怎麼說話，寥寥幾句話還是他的夫人小雨給翻譯的。

　　在那次會上，他送給我一本他的新作《尋找家園》，我回贈給他一本我的小說《醫生情路》。當時，拿到他的書，看到書名，我心裏有些納悶，他怎麼會取這麼一個普通的名字呢？回到家中，我便開始認真閱讀他的這部記錄了他大半生的散文集。

　　在書中，他敘述了 1957 年發表的、引起美學大批判的〈論美〉的寫作經過。當時，他在蘭州郊區一個中學教書，心裏充滿困惑，他不相信「一種用一代人作肥料去滋養另一代人的事業是正義的事業」，因此也不相信，「那只以此為理由強制地給每一個人分配角色和任務的看不見的手，代表著唯一的最高真理。」但沒人理解他，他想起曾讀過的羅曼羅蘭的《約翰克利斯朵夫》和他的三部傳記，感動莫名，便給譯者傅雷寫了一封長信，談了自己的困惑。傅雷很快給他回信了，批評他的思想脫離唯物主義，真理就在眼前，他卻視而不見。這讓高爾泰感到不甘心，於是寫了那篇一萬多字的引起軒然大波的〈論美〉，整整齊齊抄了兩份，一份投寄給北京「新建設月刊」，一份他送去給西北師範學院院長徐褐夫。徐褐夫曾在蘇聯長期擔任莫斯科大學哲學系教授，教自然辯證法赫赫有名。在看了高爾泰的文章後，也給高爾泰寫了一份八千多字的意見書。那份意見書深刻而豐富，讓高爾泰極為敬佩，然而和後來許多批評文章一樣，認為他的主觀論是錯誤的唯心主義的。半年後，1957 年 2

月，《新建設》發表了高爾泰的〈論美〉，同時加上編者按，表示不同意，說是遵照百花齊放百家爭鳴的方針，刊出以供討論，並預告下期將刊文進行批評。接著，《新建設》、《文藝報》、《學術論壇》、《學術月刊》、《哲學研究》等報刊上發表了許多批評它的文章，一致認為高爾泰是唯心主義。有的文章甚至說馬克思主義就是在同唯心主義的鬥爭中成長起來的，唯心和唯物的鬥爭是革命和反革命的鬥爭，它貫穿著整個哲學史，有的文章不那麼尖銳，但政治立場同樣鮮明，這讓他感到奇怪，為什麼所有的人，包括一些大知識份子都那麼堅信馬列，眾口一詞呢？甚至有人反問道，難道所有的人都錯了，只有你一個人是對的？但這不僅僅是學術大辯論，更是一場政治批判，不久，厄運就降臨在他的頭上，劃為右派，開除公職，分配到酒泉農場改造，在那裏九死一生。此後，苦難如夢魘一樣一直追隨著他。

讀到此，我終於明白高爾泰先生為何把自己的散文集取名《尋找家園》，不禁掩卷長歎，老淚縱橫，羞愧莫名。1957 年，我也被打成右派，後來分配到寧夏工作。然而，不久我便逃亡海外，幾乎忘卻「家園」。而他，卻擁抱著苦難，一直尋找著「家園」。

讀畢《尋找家園》，已是天亮時分，我心中湧起與高爾泰先生見面的衝動，立即拿起電話，給高爾泰先生留言，希望能與他見面長談。第二天，他的夫人小雨回電，我們約好在百樂宮見面。於是，我又得以第二次見到高爾泰先生。他依然是那個樣子，言辭木訥，眼睛眯得小小的，臉上總是掛著笑容。我說，高先生，你像一個長不大的孩子。他聽了，也只是哈哈大笑。

　　我說，北島說，有些人很難歸類，他們往往性情古怪，思路獨特，不合群，羞怯或孤傲。他把你也歸為其中一個，不遭人喜歡。高爾泰又是一陣哈哈大笑。我說，你耳朵不靈光，何不帶助聽器？他說他喜歡清靜的日子，平日在家讀書作畫，自得其樂。我說人們把你和朱光潛、宗白華、蔡儀、李澤厚雙相提並論，如今朱、宗、蔡均已作古，只剩下你和李澤厚，而你和李又是不太對勁，怎麼回事？他告訴我，他和李的交往，始於五七年，那時全國圍剿〈論美〉，他成了政治批判的靶子。李在〈哲學研究〉上發表〈關於當前美學問題的爭論〉一文，從學術的角度，歸納了四種看法：一，高爾泰的主觀論；二，蔡儀的客觀論；三，朱光潛的主客觀統一論：四，自己的客觀性和社會性統一論。李不同意他的看法，但說它值得重視。沒有抓辮子，沒有打棍子，沒說主觀就是唯心，唯心就是反動，很特殊。他給李寫了個信，謝李沒落井下石，贊他有學者風度。李回信說，這是最起碼的。那時候，他們都年輕，他二十一，李二十六，〈在山泉水清〉。有過這麼個茬兒，一直保持著好感。反右後沒再聯繫，「新時期」恢復了通信。後來到北京，才第一次見到李，李示他長詩一首，開頭是「快馬輕車玉門關，萬里風塵談笑間。」他也寫一詩答李，末尾是「無限行程無限苦，最苦大漠寂寥中。」他對李說他這句，和你那兩句，象徵著兩種不同的命運。李笑說他是不瞭解情況，我的命運只是略好而已。話題又轉到傅雷和徐褐夫，我說，他倆是惜才，不忍你受難，才批評你，可能內心是同意你的，他含笑不答，可能心有同感。又談到余秋雨，我說你的《尋找家園》和余的《文化苦旅》都是不可多得的好書，余順應潮流，名滿天下，成了大富豪，而你老兄卻象一個苦行僧，可能還是窮光

蛋，他笑說余比他聰明，又能說會道，他自己不會講話，象個啞巴；看著讓我不禁想起作家徐曉在《來自另一個世界的孩子》一文中，對高爾泰深情而準確的描述：「不隨俗，已經不易。不從雅，則更不易。與另一些聲名遠播的、此落而彼起的知識份子不同，高爾泰的輝煌是貨真價實的，有他雖不是跌宕浩繁但獨樹一幟的文字為證；有他雖沒有流行的效果但潛在而持久的聲望為證。……不管是大起還是大落，不管是行文還是為人，高爾泰沒有『我不下地獄誰下地獄』聖徒般的悲壯，也沒有『風蕭蕭兮易水寒』英雄般的豪情。他控訴，但不止於個人的悲苦；他驕傲，但同時也有悲憫；他敏感，但不脆弱；他唯美，但並不苛刻。」

　　這就是高爾泰。

喜會金庸和瘂弦

　　2007 年 5 月 8 日晚，蒙明報月刊主編潘耀明相邀，出席他為金庸先生離港去英的晚宴。作陪的還有名詩人瘂弦，台灣聯合報香港辦事處主任薛興國，香港城市大學講座教授吳宏一等。聽說我能和金庸相敘，有數不清的朋友爭著讓我轉達對他的問候，同時也讓我代問他們所感興趣的問題。也難怪，在文壇上哪有一位作者能像金庸呢？

　　席間金庸談笑風生，人如其文，真是謙謙君子。他是作家，妙筆生花，激揚文字，用俠情打動千萬人心；他是報人，捭闔縱橫，針砭時弊，一支筆論盡風雲變幻。書中深刻的思想、酣暢淋漓的筆墨令人心動神搖。

　　他在耄耋之年，喜獲劍橋大學「榮譽博士」。金庸談友情，他說：人生中若無友情，就等於從世界中驅走太陽。正直的友人就是照耀人生的太陽。當論及人性以及民族性時，他談到《鹿鼎記》和它的主人公韋小寶。他說「寫作這部書時，我經常想起魯迅的《阿Q 正傳》所強調的中國人的精神勝利法」。他也談禪，在金庸先生的小說中，有許多跟佛學有關的內容，如少林寺、易筋經、天龍八部等，而他本人也信奉佛教，且對佛學甚有造詣。金庸的老朋友黃霑為電視劇《射雕》所作歌詞起句即是：「人海之中，找到了你，

人生變得有意義」，這句歌詞倒過來讀更佳：「為使人生有意義，我終於要找到你」。他說：保盈持泰，謙受益、滿招損，那正是中國人政治哲學、人生哲學中的要點。他也談愛情：滿語盈盈暗香去——一談起綠竹巷任盈盈初遇令狐沖，隔簾傾談，已是芳心暗許。他人80又4，尤若少年。他說他能留住青春的絕竅是：「沒有空去注意自己正在衰老」。人生似乎總是在快樂與苦惱中徬徨往返，解脫不了，得不到的想得到，得到了又怕失去，煩惱不已。如何徹底解脫呢？他以為只有擺脫名利的枷鎖，跳出個人的愛恨情仇來看生活，才能獲得真正快樂的人生。

　　能向查老請益，是我的福份。奈何時光暫短，彈指間已是子夜時分，不能不珍重道別。目送查老漸行漸遠的身影，心中充滿了無限的感恩之情。

前：金庸、瘂弦；後：潘耀明、作者夫婦

金庸與作者夫婦

喜會高行健

　　2008 年 5 月 25 日，香港明報月刊主辦，由該刊總編輯潘耀明先生及香港中文大學方梓勳教授主持，在沙田大會堂文娛廳舉辦了一次隆重的文學研討會，主題是高行健和劉再復對談「走出二十世紀」。主講人為諾貝爾文學獎得主高行健和香港城市大學中國文化中心榮譽教授劉再復。主要內容是討論高行健的作品，由AsianRewardLtd 主席張大朋先生和韓國外語大學校中國研究所所長樸宰雨教授為回應嘉賓。會議盛況空前，來自世界各地及香港各界文化名人，大專院校師生 500 多人擠滿了講堂，聆聽並參與這場精彩的對談。承蒙潘耀明先生相邀，筆者得以參與盛會，並以近距離目睹高先生和諸位名家的風采。

一

　　高行健，1940 年生於江西贛州，目前為法籍華人，2000 年諾貝爾文學獎得主。他以中文及法文從事創作，是當代中文世界著名的文學藝術大家，集劇作家、畫家、小說家、翻譯家、導演、演員和評論家於一身。

　　我讀的高行健的第一本著作，是那本《有只鴿子叫紅唇兒》，文字與眾不同，很獨特，描寫細緻，情節絲絲入扣，讓人欲罷不能。作家以一種洞悉人性的目光，將其深刻思考，準確地落實在風格獨特的文字上，從此我對他留下了深刻的印象。但其後卻再沒有接觸過他的作品，慢慢地淡忘了他的名字。

　　2000 年，高行健喜獲諾貝爾獎，突然之間名滿天下，我十分欣喜，果然天不負人。趕忙找到他的代表作《靈山》，從頭到尾，細讀了幾遍。初讀時不知所云，漸讀漸清晰，越讀越喜歡，故事在時間和空間中跳躍，敘事由第一人稱和第二人稱不斷轉換，奇特而新鮮，令人驚豔。他娓娓道來，帶領我跟著他去感受神祕的旅行、去體會世間人情冷暖、去思考和想像大千世界。這是一段尋找之旅，我們在尋找靈山，靈山是什麼呢？也許只是作家心中的理想，是一座永遠也找不到的心靈之山：

　　他寫道：

　　　　他孑然一身，遊盈了許久，終於迎面遇到一位拄著拐杖穿著長道袍的長者，於是上前請教：「老人家，請問靈山在哪裏？」「你從哪裏來？」老者反問。

　　　　他說他從烏依鎮來。

　　　　「烏依鎮？」老者琢磨了一會，「河那邊。」他說他正是從河那邊來的，是不是走錯了路？老者聳眉道：「路並不錯，錯的是行路的人。」……

　　　　　　　　　　　　　　　　（高行健《靈山》第六十七節）

靈山在哪裏，他在詢問，小說的主人公不是也一直要去尋找靈山嗎？根源在於自己，只有對於自身存在的這種醒悟，才能從困境和苦惱中自拔。答案不就在自身嗎？他為什麼還在苦苦地向別處尋找呢？

對卡夫卡情有獨鍾的高行健，善於通過奇妙的構思，勾畫出誇張和荒誕的場面，交融現實與非現實，善良與罪惡，誠實與欺詐、常人與非人，沒有抒情、沒有浪漫、亦沒有感情。和卡夫卡一樣，高行健冷靜地觀看世界，意識到世界的本質是無價值，無意義，無處安生，無處寄託，無處可以安放自己的身體與心靈。

戴晴說得好：「如果沒有對像他這樣疏離的人都不放過的擠壓，外加肺癌誤診，他或許還和我們許多人一樣忍耐著、苟且著、相當克制地抗爭著⋯⋯但它們不由分說地轟然而至，驚破了人性中常有的消極、怠惰。還等什麼呢？高行健決定以「有限的時間」做他最想做的事：探詢生命的原意、體驗生命的真髓，然後——如果「時尚我待」，說出想說的話。他出發了，什麼文壇、劇壇紛爭，什麼絆羈著我們俗人的種種牽掛、糾葛，已經全不相干。他輕鬆上路，活一天算一天，而且只活在自己「赤裸裸無須掩蓋的真實裏。」

她還說：「高行健與政治非常疏離。這疏離不是出於清高，他根本沒有活在那個情境之中。」

高行健的長篇小說《一個人的聖經》，與《靈山》那種精神上的虛幻不同，觸及的是文化大革命時代的混沌、分裂、破碎、荒唐與殘酷，《一個人的聖經》中的主人公就是一個荒誕而混沌的生命。他在大革命浪潮打擊下喪魂失魄，充滿恐懼，人性脆弱到極點。他本來是一個與革命毫不相干的「局外人」，偏偏扮演一個投身革命

的「局內人」,結果變成一隻「披著狼皮的羊」,一個形神分裂的「跳樑小丑」,無緣無故地被拖入黑暗的旋渦。作者沒有憤怒,沒有控訴,沒有持不同政見的情結,而是極其深刻地呈現出那個時代的現實與人的困境。作者毫不迴避現實,卻又從現實抽離出來,然後居高臨下地對現實冷眼觀照。劉再復在評論這本書時說,它「首先是拒絕任何編造,極其真實準確地展現歷史,真實到真切,準確到精確,嚴峻到近乎殘酷。高行健非常聰明,他知道他所經歷的現實時代佈滿令人深省的故事,準確地展示便足以動人心魂。「極端」的另一意思即拒絕停留於表層,而全力地向人性深層發掘。《一個人的聖經》不僅把中國當代史上最大的災難寫得極為真實,而且也把人的脆弱寫得極其真切,令人驚心動魂。」[1]

方梓勳教授認為,高行健的冷文學的概念,是以「第三隻眼睛」的概念為基礎,因為人稱是自我意識的起點,也是自我辯別他者的關鍵;以「我」來觀察自己,肯定較為主觀。以第二人稱「你「來訴說自己,你、我變成對手,便隔了一層;用第三身「他」或「她」來敘述,距離就更遠,就更為客觀。這種從外視內的文學技巧,與高的人生觀是一致的。

高行健進入現實又超越現實,他用一個對宇宙人已經徹悟,對往昔意識形態的陰影已經完全掃除的當代知識份子的眼來觀照一切,特別觀照作品主人公。於是,這個主人公是完全逼真、非常敏感、內心又極為豐富的人,但在那個恐怖的年代裏,他變成一個把自己的心靈洗空、淘空而換取苟活的人。可是,他又不情願如此,

---

[1] 劉再復:《高行健:一個人的聖經跋》。

尤其不情願停止思想。他一面掩飾自己的目光，一面則通過自言自語來維持內心的平衡。小說抓住這種緊張的內心矛盾，把人物的心理活動刻畫得細緻入微，把人性的脆弱、掙扎、陰暗、悲哀，表現得淋漓盡致。《一個人的聖經》不僅是一部扎扎實實的歷史見證書，也是展示一個歷史時代中人的普遍命運的大悲劇，悲愴的詩意就含蓄在對這種普遍的人性悲劇的叩問與大憐憫之中。高行健不簡單，他走進了骯髒的現實，卻自由地走了出來，並帶出了一股新鮮感受，引發出一番新思想，創造出一種新境界。誠如瑞典文學院的評價：「其作品的普遍價值、刻骨銘心的洞察力和語言的豐富機智，為中文小說藝術和戲劇開闢了新的道路。」

高行健之所以獲獎，一方面，他確實有深厚的文學功力，極高的創作水平，其作品對人性的思考與洞察頗多獨到之處，並開創了文學表達的新途徑和新風格。另一方面，他的作品獲得了最好的傳播，尤其馬悅然的翻譯，錦上添花，使原作更趨完美，得到西方文藝主流的激賞。加之他能用法語創作，劇本多次用外語在西方大城市公演，佳評如潮。這使西方世界熟悉了他的名字，這是他的優勢，也可以說這是他的幸運，但他能獲得諾貝爾文學獎，絕非僥倖和偶然。細數歷屆諾貝爾文學獎得主，都是在創作上具有獨特風格的大家。高行健亦如是，這點應該不必質疑。我們大可不必拘泥於他是法國人或中國人，我們應該著眼的，是他為華文文學走向世界打開局面跨出了艱辛的第一步，他的獲獎激起全球文學界對中文作品的關注和閱讀熱情。他對華文文學國際化的開拓，功不可沒。

高行健本人對於四面八方鋪天蓋地而來的讚譽，總以平常心以待。他說：這榮譽是不應該送給一個還活著的人的。他的話深深地

打動了我。他說：「作家是一個微不足道的人，寫作純然是個人的事情，一番觀察，一種對經驗的回顧，一些臆想和種種感受，某種心態的表達，兼以對思考的滿足，所謂作家，無非是一個人在說話。作家既不是為民請命的英雄，也不值得作為偶像來崇拜。」他又說「文學史上不少傳世不朽的大作，作家生前都未曾得以發表，如果不在寫作之時從中就已得到對自己的確認，又如何寫得下去？中國文學史上最偉大的小說《西遊記》、《水滸傳》、《金瓶梅》和《紅樓夢》的作者，這四大才子的生平如今同莎士比亞一樣尚難查考，只留下了施耐庵的一篇自述，要不是如他所說，聊以自慰，又如何能將畢生的精力投入生前無償的那宏篇鉅作？現代小說的發端者卡夫卡和二十世紀最深沉的詩人費爾南多·畢索瓦不也如此？他們訴諸語言並非旨在改造這個世界，而且深知個人無能為力卻還言說，這便是語言擁有的魅力。」

高行健主張文學應該超越意識形態，超越國界，也超越民族意識，如同個人的存在原本超越這樣或那樣的主義一樣，只是純然個人的事情。高行健認為，「作家的創造無法被改寫，因其非序列編造假想的意識形態，而是人性的相通。一個語言所表達的文學作品可被經驗乃因人性的相通，故文學見證了人性深處與生存根本，能跨越語言、時代和國界，可互相交流、傳承。」[2]

作為高的知音人，著名文學評論家劉再復教授，在他的《後諾貝爾時期高行健的新思索》一文中說：「高行健的人生的寫作狀態，是孤島般的獨處。他以個人出發，沒有主義，沒有世俗的社會歸屬，

---

[2] 高行健《文學的理由》，明報月刊出版社。

無黨無派，沒有團體，沒有山頭，甚至沒有中國，只有幾個天涯海角和他遙遙相望的朋友。在這些獲獎者之中，恐怕也只有他最明白，人一旦落入集體的歸屬，個人的自由便喪失了。」他的朋友戴晴說得更切貼：「可以說高是個誠實的、敏銳的、感受細膩的、有著多方面才華的藝術家，卻未必是率眾向黑暗抗爭的勇士；他不會趨附強權，也未必會仗義執言、而是以冷靜的思維面對現實的空間。」

二

對談中劉再復提起魯迅，把魯稱為所謂熱文學的代表，來對證高的冷文學。魯無疑是愛國的，他那憤世嫉俗的文字也曾激發了無數熱血的青年，那也只能是形式的吶喊，改不了世界。

于仲達在《從魯迅到高行健》一文中提到高在靈山中的話：「人以憤世嫉俗為清高，殊不知這清高也不免落入俗套，以平庸攻平庸，還不如索性平庸。徐渭忍受不了世俗，只好瘋了。沒有瘋的是龔賢，他超越這世俗，不想與之抗爭，才守住了本性。他不想對抗，遠遠退到一邊，沉浸在一種清明的夢境裏。這也是一種自衛的方式，自知對抗不了這發瘋的世界。也不是對抗，他根本不予理會，才守住了完整的人格。他不是隱士，也不轉向宗教，非佛非道，靠半畝菜園子和教書糊口，不以畫媚俗或嫉俗，他的畫都在不言中。」魯迅想做「超人」嗎？我看倒也未必。魯迅對於啟蒙的作用和個人的力量向來持懷疑態度，然而，他的確受了尼采的影響，面對周圍

形形色色的壓迫還是要出擊和反抗。這實在是一種不得以啊。高行健說：「一代文豪魯迅，一生藏來躲去，後來多虧進了外國人的租界，否則等不到病故也早給殺掉了，足見這國土，哪裏也不安全。魯迅詩文中有句『我以我血薦軒轅』，是我做學生時就背誦的，如今不免有些懷疑。軒轅是這片土地上傳說的最早的帝王，也可作中國，民族，祖先解，發揚祖先為什麼偏要用血？將一腔熱血薦出來又是否光大得了？頭本來是自己的，為這軒轅就必須砍掉。魯迅先生反覆教導我『直面慘澹的人生』，然而，他同所有的先行者有著類似的命運：遭到詬病、排斥、打擊，甚至迫害。在茫茫的荒原上，魯迅孤身一人踩出一條屬於自己的道路。雖然，他對於這種人生態度也是不滿意的，然而，又能如何呢？他被無邊的黑暗勢力所擊敗了，失卻了理想，失卻了希望，終於只能像蒼蠅一樣，繞了一點小圈子，又飛回到原來的地方。」

魯迅身上背負的東西太多了，他畢生致力於「改造國民性」、「立人」、呼喚「精神界戰士」和「真的知識階級」的出現，積極介入社會，特別是後十年，高舉文化批判的旗幟，鋒芒畢露，效果怎樣呢？結果，魯迅留下了令人顫慄的遺言，在絕不寬恕的絕決中死去。

魯迅已死，並再次證明了一個真理，人需要關注的是「此在」。從魯迅先生個人的悲劇裏，讓我明白精神自救的重要性，尋求個體精神的出路，或許，這才是首要的，若不然如何談到救世呢？再說，自救救人，也是禪宗本意。魯迅啟悟人們從內部世界走向外部世界，擺脫奴隸根性，實現精神獨立和思想自由，使人具有「主體性」一樣的獨立和自由的人。高行健啟悟人們從外部世界走進內部世

界，直面人類共同的生存困境，面對現實卻又從現實抽離出來，然後高高地對現實進行冷靜觀照。

高行健認為，作家只是一個普通人，他不應該，也承擔不了創世主的角色，也別自我膨脹為基督，弄得自己神經錯亂變成狂人。魯迅筆下有「瘋子」和「狂人」一樣的「超人」，高行健筆下的人大多是脆弱和渺小的人。他認為如果一個作家不以人民的代言人或正義的化身說的話，那聲音不能不微弱，然而，恰恰是這種個人的聲音倒更為真實。而文學也只能是個人的聲音，而且，從來如此。文學對大眾不負有什麼義務，這種恢復了本性的文學，不妨稱之為冷文學。它所以存在只是人類在追求物欲滿足之外，一種純粹的精神活動。不為名利，還自甘寂寞，這才是文學的精粹。

樸宰雨是魯迅的崇拜者，他說本來對高的所謂冷文學不以為然，在聽了高劉對話之後，感到高與魯迅之間其實並無矛盾之處，他們都深具悲天憫人的高尚情懷，都是了不起的人物。

在演講後的踴躍發問中，有人提到四川大地震，面對那些悲慘的場面，高先生會如何面對？高先生說他的心當中十分沉重，但作為一個作家，他也只能對不幸的事物作出內心的表述，作家不是造物主，他無力改變這世界，幸與不幸，也只好聽從上天的安排。高行健也提到，人對於社會有一種認知的渴望，同時也是對自我的認知，因此作者在此前提下產生。文學寫作便在作者真切的感動中，衍生出一種「有話要說而不能不說」的動力，且以作者切身擁有的經驗為基礎，在大眾認同的語言中尋找個人語言，並充分地表述尚未被詮釋的真實，在共同語言的基礎上，表述「不加引號」的自我感受。

　　高行健認為一個作家要說真話，一個作家的書得留下去，如果他的書不能留下去，那這個作家太短命了。一個作家得有這種意識，得讓自己的作品留下去，以至於他再看的時候不臉紅。這對作家創作是必要的。

三

　　高行健的小說和繪畫，顯然具有很強的禪宗色彩。他說：「我自己沒有宗教，但我不反對任何宗教信仰，宗教是一種精神寄託。我認為自己有的是宗教情懷。我常常走進寺廟和教堂，感覺非常自在、安詳。我想，宗教最重要的是悲憫心、敬畏心，它使我們不敢去隨意殺人。人也必須承認，自己是脆弱的。尼采的反上帝言論是不正確的。」

　　近年來高行健在多次的訪談中，不斷把中國的禪宗大師慧能抬到很高的地位，甚至還兩次在台灣和法國馬賽搬演長篇詩劇《八月雪》以表示對他的尊崇。

　　高行健說；「我是第一個把慧能提高到世界平台上來看的人，過去很多人只把他當宗教人物看，其實他不只是東方的大思想家，也是世界的大思想家。」

　　他說：「過去中國思想界只把慧能當做一位宗教革新家，其實，他是一位思想家，甚至是一位大思想家，一位元不立文字、不使用概念的大思想家、大哲人。慧能還提示一種生存的方式，他從表述到行為都在啟示如何解放身心得大自在。他是東方的基督，但他與

聖經中的基督不同，慧能不宣告救世，不承擔救世主的角色，而是啟發人自救。提出這樣看法的，我想我是中國第一人。」

劉再復認為：高行健的「觀自在」，得益於禪的啟迪。禪宗的「明心見性」，其要點是開掘「自性」（《六祖壇經》：「萬法從自性生」）。高行健在禪的啟發下通過對生命個體脆弱性的揭示來肯定個體生命的價值，肯定人性弱點的合理性，從而給予生命最大的寬容。高行健與卡夫卡相似：他確認人性的脆弱。他筆下的人，既經不起壓力，也經不起誘惑；既經不起潮流與風氣的挾持，也經不起孤獨的空寂。呈現這種脆弱，便抓住了人性的真實。在他的作品中，無論小說、劇作、繪畫、電影都是只作描述，只作呈現，不作價值結論。作家僅僅是見證者、觀察者，不充當審判官、裁判者的角色。禪宗的「不二法門」（《六祖壇經》：「善惡雖殊，本性無二」），對於高行健來說，就是不作是非、善惡、真假、高低、內外等世俗判斷和理性判斷。

高行健認為，一個藝術家，只有超越現實功利時候，才能創作出新的審美價值。法國作家及電影工作者邁勒卡對高的電影創作也推崇備至，他曾參與編、導並主演高的首部電影《側影或影子》的製造，認為這部作品的藝術超越了許多當代的電影編導而屬於未來，超越他的同代人並找到自己的路，一種結構與詩意的超時代組合。

四

　　高行健自從獲得諾貝爾文學獎金之後，在華語文化圈內，特別是中國大陸文化界，激起了巨大的波瀾。對他的得獎，褒貶不一，對大陸著名作家一向不假詞色的作家王朔，卻顯得意外的溫和，覺得高行健非常了不起。莫言認為高的得獎，是漢語的光榮，貶低他也正是在貶低自己。當局對他初時批判，繼而封殺，最近溫和多了，但亦只是不聞不問的態度。張閎對官方的態度是頗有微詞的，他說「本來，中國文化當局完全可以利用一下這件事的，對外擴大民族文化的國際影響，對內增加文化上的凝聚力。可他們現在的做法卻大失人心。不僅讓國內民眾感到失望，也得罪了瑞典人，得罪了法國人，更得罪了需要文化榮耀感的海外華人。」雖然並不盡然同意這種說法，但中國當局對高行健獲獎的態度，我也難以理解。在海外漂流四十餘年，雖時時心繫故國，然遠隔重洋，觀感難免與國內疏離，也不知道能否旁觀者清？任何事物的進展都有一個過程。我深信，不久的將來，高先生的大量作品，將為中國接納，並讓中國人引以為傲。

　　目前應「是開綠燈的時候了。」潘耀明先生的這句話很有道理。

　　蒙潘先生相邀，筆者夫婦得以參加會後宴請高行健伉儷的盛筵。坐中多是來自世界各地及香港文學藝術界的精英，作為文學小學生，能敬陪末座，與有榮焉。座中各位妙語連珠，幽默風趣。潘先生輪流邀請大家發言，中以李歐梵教授最為風趣，只聽他說：高

先生哪，你既是大文豪，大劇作家、大畫家，如今又是電影編劇導演及主角，下次作電影時，你做主角，請我做三分鐘的壞蛋好嗎？他一句話哄得滿堂大笑。我靈機一動，請旁座的明報總經理高級主任彭潔明小姐向高先生傳話，說我欲撰文報導盛會情況，是否可請高先生和我單獨照相留念。正說話間，忽聽到潘先生點名要我上台講話，我的腦子好像被電擊了一下，一片空白，拿起麥克風，胡言亂語，顛三倒四，不知所云。回到座位，只見夫人噘著嘴道：「你是不是講的自製法語，怎麼我一句都聽不懂？」我低聲答道：「我是念北島的朦朧詩，你不夠深度，當然不懂。」

夜已深，賓主盡歡而散。無意中我和高先生一同步出大堂，看著他清瘦的面龐，一時心有感觸。我問：「高先生近來身體可好？」他答道：「尚好。」我說：「要多保重才是。」

握手道別後，望著哲人漸行漸遠的身影，心想盛筵難再，不知何日才能相見，一時感慨萬千，久久不能自己。

踽踽獨行高行健

　　2008 年 5 月 25 日，在沙田大會堂，參加《明報月刊》主辦的「高行健劉再復對談」專題講座。我才第一次見到心儀已久的高行健先生。他在離我不遠的地方坐著，侃侃而談。

　　高行健是位誠實、敏銳、感受細膩、才華出眾的藝術家。他嚮往平淡樸實，對鋪天蓋地而來的讚譽顯得無動於衷。他認為，作家是微不足道的人，寫作純然是個人的事情，一番觀察，一種對經驗的回顧，一些臆想和種種感受，某種心態的表達，兼以對思考的滿足，所謂作家，無非是一個人在說話。作家既不是為民請命的英雄，也不值得作為偶像來崇拜。

　　他還說，作家是一個普通人，只是更為敏感，而過於敏感的人也往往更為脆弱。一個作家不以人民的代言人或正義的化身發出的聲音會很微弱，然而，恰恰是這種個人的聲音倒更為真實。《靈山》是為自己寫的，寫的時候根本沒想到能發表，更沒有考慮有多少讀者，而是為了安妥自己的靈魂。

　　高行健坦承，自己只是個脆弱的小人物，有時也難免會用阿Q 的「精神勝利法」來寬慰自己，特別是在而立之年後，明白了人生也有無法面對的時候。生存空間是如此狹窄，如果不想被社會及人性的醜惡吞噬的話，只有尋找自我解脫的辦法，讓自己有

限的生命盡可能曠達一些，快樂一些。從小至今，目睹了那麼多
生離死別後，反而解脫了，黃泉路上，沒有親戚、沒有朋友，孤
孤單單、淒淒惶惶，誰又陪誰上路呢？飲下這份人世的孤獨，獨
自上路吧。生命從無生有，由有歸無，一個自然的循環，何必那
麼執著呢？魯迅身上有著「知其不可為而為之」的執著精神，但
是，也應該看到，這種過分的執著給他帶來傷害，卻改變不了殘
酷的世道。高行健提倡短暫的人生應該多一些餘裕、從容、快樂，
以及逍遙。

高行健獨鍾情於卡夫卡和慧能。他說通過「變形」這種特殊的
形式來肯定、呼喚人的價值、人的尊嚴，卡夫卡的意識是在最高的
層面上發現人被消滅的意識。著名文學評論家劉再復先生稱，卡夫
卡的現代意識和慧能的禪的姿態與禪的眼睛，這二者加起來，就
是高行健。他說，在高行健筆下，沒有大寫的人，沒有英雄，而多
是些脆弱的人。人性是脆弱的，他把自己寫得非常脆弱與荒誕。他
的這種出發點非常重要。與卡夫卡不同的是，卡夫卡是用很冷靜的
眼睛看世界，高行健也用很冷靜的眼睛看世界，但他還多了一條，
就是用很冷靜的眼睛來看自己，即「觀自在」——從外而內。不僅
看到世界的荒誕，也同時看到自身的渾沌與荒誕。這是高行健很重
要的創造。

可以說，高行健的思維，與當前的社會現實格格不入，惟其如
此，他也是超時代的，是跨過一個歷史時代到另一個歷史時代的；
他心中沒有苦難，沒有控訴，沒有主義，也沒有欣喜，在他的內心
深處，埋著深深的寂寞，雖然他的寂寞是無聲的，卻不是無形的，
他可能在不經意之中，影響了世世代代的人。

　　蒙《明報月刊》總編輯潘耀明先生相邀，筆者夫婦得以參加會後宴請高行健伉儷的盛筵。餐後，無意中我和高先生一同步出大堂，看著他清瘦的面龐，一時心有感觸。我問：「高先生近來身體可好？」他答道：「尚好。」我說：「要多保重才是。」握手道別後，望著哲人漸行漸遠的身影，心想盛筵難再，不知何日才能相見，一時感慨萬千，久久不能自已。

　　在海外漂流學醫行醫四十餘年，筆者對哲學文學藝術無甚見識，充其量也只是一個愛好者而已。奈何光陰飛逝，時不予我，總盼望在有生之年，能看到高先生的大量作品，將為中國接納，並讓國人引以為傲。自古細雨閑花皆寂寞，誰說這感情不滂沱？

尹浩鏐與章詒和

尹浩鏐與陳義芝、張大春

港台海外作家文學座談會

2007 年 3 月 30 日，下午六點，香港作家聯會在北角新都會大酒家貴賓廳，舉行盛大的文學座談會，港台海外著名作家章詒和、瘂弦、鄭愁予、陳義芝、張大春、等參加。

承蒙聯會執行會長潘耀明先生邀請，筆者亦專程從美國飛回來參加這個盛會，讓我有機會向我心中的各位前輩表達敬仰之情。

章詒和女士於 1942 年 9 月 6 日出生於重慶，她是中國頭號「右派」章伯鈞的二女兒，1968 年到 1974 年之間，以現行反革命罪判有期徒刑二十年，一直到 1979 年平反，開始在中國藝術研究院擔任助理研究員、副研究員、研究員、博士研究員、博士生導師。2002 年退休後，專心寫作。短短幾年，她先後出版了《往事並不如煙》（香港版稱為《最後的貴族》）、《一陣風，留下了千古絕唱》和《伶人往事》，均被當局列為禁書。

章詒和端莊大方，眉宇間有股浩然之氣，不愧為名門之後，她那天侃侃而談，講述了她這幾十年來在暴風驟雨中種種遭遇。她自謙沒有什麼本事，只會講故事，她用平實精簡的典雅語言打開了一個民族氣息的鑰匙。她說，從提筆的那一刻起，我就沒想當什麼作家，更沒想去寫什麼「大」歷史。我只是敘述了與個人經驗、家族生活相關的瑣事，內裏有苦難，有溫馨，還有換代之際的世態人情。

她的寫作動機也很明確：一個從地獄中出來的人對天堂的追求和嚮往。她說第一本書裏的張伯駒、羅隆基，第二本書裏的馬連良，第三本書裏的葉盛蘭、葉盛長連同我的父母，都在那裏呢──「他們在天國遠遠望著我，目光憐憫又慈祥。」

她說她當初寫的時候心裏太苦，是哭著寫的，她並沒想到越寫越有活力。她投入的是真情，唯有真情才動人。看她的書要不哭也很難。馬連良的死，反映了時代的殘酷，正是：憐君身似江南燕，又逐秋風望北飛。她提到梅蘭芳夫人對馬蕭良夫人無私相助，道盡了人世間的溫馨。在她的筆下，人物變得有情有意。在舞台上他們是神，在舞台下他們是被打壓的可憐人，其中有些人甚至帶著一股怨恨離開塵世。她說她不懂文學卻有珍貴的記憶，唯有這種記憶使她衝動拿起筆，把書中的主人翁一點一滴，一分不差的記錄下來。她寫書不是為了自己，也不是為了把他們的怨恨送回人間，而是對歷史的使命感，要把她身邊所有的親人和血肉相連的親戚、朋友，把他們的遭遇一點一滴記錄來。對後人作一個交代。

1957 年她爸爸媽媽被打成了中國頭號大右派，他們的家從天上掉到地下，那時候她才十幾歲，在社會上沒有地位，一切都處於被社會排斥被孤立被管制的狀態，周圍的朋友都把他們孤立起來。她還記得他們被判那一天早晨醒來看見窗外的一片天空，差不多半個世紀過去了，她還記得那時天空是什麼顏色，她的家、她的父親母親她永遠不會忘記。有人懷疑她書裏的人物的真實性，還有更多人懷疑她書中的人物一個一個離開人世間，他們可能不同意她把他們的故事寫出來。她說假如她不寫出來她心裏更難過。讀者怎樣看那是讀者的權力。她說她寫的事情和故事都是真實的，要是有人感

覺不是真實的，他們的懷疑是他們的權利，每一個人看事情看人物都有自己感情的一面，只有他們認為主人翁的故事完不完整，讀者可以自己作判斷。她說作者是作品的起點，讀者是作品的歸宿，閱讀是對創作再創作，只要人家看你的書就是好事，要是他們說書寫得不好不真實那是他們的權利。她年齡大了經歷事情多了，什麼事情都能夠吞下去。她沒有多談她的主要作品在國內不能再版的事，她相信這只是暫時的，往後有誰能說呢？往事並不如煙，往事一幕一幕湧現在她眼前，是抹不掉的印影。中共目前拒絕對反右運動的記憶，對文化大革命的記憶，對抗日戰爭國民黨主戰作用的記憶，是一種缺少自信的表現，這樣會不斷的犯同樣的錯誤。中共欲讓記憶像沙子一樣的在風中流逝，記憶的沙子卻滲透到千家萬戶。她還說指鹿為馬，勝者為王的現狀是不長久的，只有改變這種現狀，文化才能沉澱下去，才能發揮開來，這社會是屬於普通人的，不只是少數名人、權貴們的，美好的心靈終會體現在人們面前，她說她最近同時寫四本書，希望不久的將來，我會看到她的書一本一本的問世，把美好的情懷帶給人間。

　　瘂弦是我心儀已久的詩人作家，他在晚會上的表現讓我們看到他迷人的風采。他是台灣詩壇祭酒，他開創了台灣用民謠寫實與心靈探索的詩風。二十年來，成為台灣現代詩人的典範，他從 1951 年開始寫詩，1960 年以後由於身體原因，停筆休養，但就是這短短的十來年，他的詩體風行不斷，他說人生有起落，藝術永遠是青春的，他說唯一能與時間對抗的就是詩，他說人老了思想極端了，筆生疏了。時代有更變，風潮有起落，他努力嘗試用生命的本質，人生的淡泊，探索生活中的真理。他感歎近年來詩歌的走向有很大

的分歧。現在很多寫詩的人連自己同行都無法欣賞瞭解，就是詩人本身，也並不太瞭解詩的含意，用模棱兩可的語意顯示神祕，這是一種花拳繡腳的作為，一種僥倖的偷工減料，是一種便宜的墜落。這種人與其說是詩人不如說是盲人騎象的怪客。

我原來也是詩歌的愛好者，對詩歌也是情有獨鍾，古今中外的詩歌我都有涉獵，但是我不懂現代詩人很多的詩作，無論背景心態都非常難懂，而報紙雜誌上登出來的詩大部分不堪入目，因為這個原因，我自己決定不再寫詩。總的來說我對詩歌的前途充滿了悲觀。瘂弦的偉大並不是因為他年輕時代十年詩歌的創作，帶給後代優良的影響，更重要的是他培養一批年輕的詩人，成為一代文壇支柱。

鄭愁予也是台灣有名的詩人，本名叫鄭文浪，祖籍河北，出生在山東濟南，早年跟當軍人的父親走遍大江南北，長城內外，遍覽中國的山水風光，各地的風土人情。1949 年去台灣開始創作新詩，他的詩影響長遠，在台灣人們說鄭詩的流行不亞於李後主、李義山，他的詩豪放爽快，又充滿楚楚動人，情意綿綿，欲語還休的婉約。他的詩充分顯示了他深厚的古典文學修養，又和現代詩歌有相通的神韻，是真情的流露，

陳義芝思路敏捷，講話條理分明。他的詩並不象現代許多詩人寫的那麼難懂，讀來平白而自然，所以影響深遠，成為新生一代的詩壇新秀。他生於 1958 年，台灣師範大學國文系畢業，香港新亞研究所文學碩士，文筆兼有現代詩風和古典文學的專長，他的詩不同於現代流行的詩，念他的詩使人感到一陣陣的快慰。他的詩，每篇都有新鮮的意境、思想、感情，耐人尋味。杏花春雨，固然有詩，

日常生活，時常會有些東西觸動你的心，使你快樂，使你憂愁，令你沉思，難道這不是詩麼？

張大春談話不多，卻是妙語連珠，英氣迫人，是台灣文壇新秀，無論散文、詩都獨具擅長，竟境深遠，將幻想和現實融為一體，可算得上現實主義和浪漫主義結合的典範。

會後的餐敘更令人難以忘懷，主客頻頻舉杯，大有相見恨晚之情意。然在座雖多是舊識，在我卻是新知。我常以為山水使人理智清明，友情使人心靈溫厚，美景良辰，亦望能與好友共用，感謝潘會長的盛情，使我這個文學上的小學生，得以與諸賢分享這快樂的時光。

詩卷

她從美麗的光影裏走來

〔英〕拜倫　著／尹浩鏐　譯

她從美麗的光影裏走來，
在這星光燦爛無雲的夜空；
明與暗的最美影像，
交會在她的容顏和眼波裏；
溶成一片恬淡的清輝，
遠勝那濃艷的白天。

多一道陰影，少一點光芒，
都會損害那難言的美姿。
美在她濃黑的髮波裏流蕩，
柔和的光輝灑滿在她的面龐；
那兒充滿了歡愉的思念，
在這純潔高貴的殿堂。

那幽嫻的面頰和眉宇，
沉默中顯露著萬般情意；
那迷人的微笑，那灼人的紅暈，

顯示著柔情伴送著芳年；

在那和平面容一切的靈魂之下！

蘊藏著一顆至純至愛的心房！

註：

拜倫（George Gordon Byron, 1788-1824）是 19 世紀英國最有名的敘事及抒情詩人，他非常英俊，一生被美女包圍。這首詩是寫給他心儀的霍頓夫人。他把她比作星光燦爛的夜空，把她的形象比作恬淡的清輝。他用光和色、明與暗、靜與動來描寫她的眼神，黑髮、眉宇、面頰與風姿，從而襯托出她的幽嫻與高貴的氣質，善良溫順的心，把她的形體美和心靈美融成一體，令人嘆為觀止。且看溫庭筠的：「小山重疊金明滅，鬢雲欲度香腮雪。懶起畫蛾眉，弄妝梳洗遲。照花前後鏡，花面交相映。新帖新羅襦，雙雙金鷓鴣。」

書寄奧古斯達

〔英〕拜倫　著／尹浩鏐　譯

一

我的姐姐！我親愛的姐姐！

世間難覓一個更親更純的芳名能配得上你。

我們相隔萬水千山，但我不要看你的眼淚，

只望我的情誼常在你心間：

縱然我四處漂泊無依，我的靈魂常伴你左右，

你像一團痛惜的火苗在我胸中燃燒著。

啊，這無情的世道為我這餘生只留下兩條路……

或浪跡天涯，或與你長相廝守！

二

如果我能有後者，前者就不屑一提，

你將成為我快樂幸福避難的港灣，

但我知有許多事情煩擾著你，

我絕不忍因我令你和世間的一切疏淡？

你的兄弟從少遭逢不幸，

前塵已不堪回首！將來也難以轉圜！

195

我的遭遇和我們的祖父雖有不同：只不過……

他是在海上飄泊，而我在岸上飽受災難！

三

即如是我繼承了他的風暴，

我卻未曾料到，在一種特殊的環境裏，

我一直被放在那危險的岩崖上，

默默承受人世間給我的幻滅，

如果是我的過錯，我並不想隱瞞，

絕不用無謂的理由為自己申辯，

我已經很巧妙地使自己跌下陷阱，

為我的傷痛作了小心的安排。

四

既然是我錯了，我該承擔它的後果，

惡遠從未離開過我，

只因我自從有了生命的那一天，

我就有了傷害它的元素，無休地和它糾纏；

有時無法忍受這種衝突的痛苦，

也曾想過擺脫這肉體的籠牢，

但如今我卻希望能多活一個時辰，

那怕只為了看看還有多少禍事臨頭。

五

在我有限的日子裏，

我已經歷過帝國的興亡，但我並未衰老；

我的憂患和那一切相比，

對我雖曾是奔騰在大海裏的暴浪狂濤，

卻猶如一點微細的水花，

有時連我自己也感到不十分明白，

為支持我這個不知忍耐的靈魂，

卻無端白白地為自己招來痛苦。

六

或許是反抗的精神使我變得冷酷，

或許是太多的絕望反而令我平靜，

或許是重重的困難催生我的希望，

也許是呼吸了清新的空氣，享受明媚的陽光，

（如果你以此來解釋心情的變動，

　我們不妨用甲冑把自己武裝）

究竟是什麼給我帶來奇怪的寧靜？

但它絕對不和美好的命運一道而來。

七

有時我也會回味快樂的童年，

令人陶醉的小溪、樹木和花草，

一陣陣的映入我的眼前，

使我想起我曾居住的地方，

在我年輕的心智還沒有被書本迷惑以前，

我的胸膛曾為這自然的綺麗風光而陶醉。

甚至有時候，我以為我看見一個值得去愛的生命……

但有誰能和你相比？

八

阿爾卑斯的宏偉景象就在我的面前，

它是我想像的豐富泉源，

對它讚歎已成為我每天必然的應景文章；

對它更深的凝視卻能引起更珍貴的冥想，

那靜謐的思潮自然取代了孤獨的淒清。

許多心想的事物都在我面前顯現：

而且，我還能看見一片醉人的湖泊，

它比我們家鄉的更秀麗，

雖比不上家鄉的親切自然。

九

呵！我多麼希望能和你相依相伴！
我亦知這只是癡人說夢，
更何況我剛才正誇耀如何不畏孤獨，
絕不能因為一絲的希望而泄了氣：
也許還有別的原因，我更不想埋怨……
我不是愛發牢騷的人，更不想自怨自艾，
但我還是在這裏大發議論，我控制不了自己，
我感到眼睛裏湧起了一陣陣的熱潮。

十

難忘我們家鄉那豔麗的湖水，
那湖畔的老宅也許早已另屬他人。
萊芒湖固然可愛，但不能令我忘懷──
那日夜夢魂牽繫著的美麗的故鄉！
除非那無情的時光把我的記憶進行摧毀，
否則，它將永遠顯現在我的眼前；
雖然，你們會和我一切所愛的事物一樣，
不是要我永遠斷念，就是天各一方。

十一

整個世界展開在我的面前：
但我只要求大自然給我應該得到的東西——
那就是躺在她夏日的陽光下，
和她的靜謐的藍天融和在一起，
讓我凝視她那沒有面目的溫和的臉，
永不煩厭地熱列地凝視著。
她曾是我童年的好友，現在卻成了……
我的姐姐……我又怎能不再向你凝視？

十二

我能抹去所有的感情，除了這一個；
我並不甘心，即使我為此要面臨，
我生命開始時的悲痛的命運：
那原是早已為我安排的唯一途徑。
雖然我亦知如果我及早地從人群中逃避，
我會得到比現在瀕臨的更好的處境。
那曾使我心碎的激情會得到安息，
我不會深受折磨，你也不至於傷心流淚。

十三

我和那虛假的野心有什麼關係？

一點小小的愛情，和一點小小的名聲！

可是它們不請自來，並和我糾纏不清，

到頭來只不過使我浪得一個虛名。

這當然並不是我最後的心願；

我的心中原有一個更高貴的目標。

但現在一切都已成泡影……

我成為芸芸眾生中另一個迷途的可憐蟲。

十四

而至於未來，這個世界的未來，

不會引起我有多大的祈求與關切；

我已超過我應得的壽命許多時辰，

可我還活著，往事一幕幕閃過我眼前。

我沒有在沉睡中過日，

而讓精神保持清醒，因為我曾經歷過，

一份足以充滿一世紀的生命，

雖然我還未走盡它的四分之一。

十五

至於餘生可能給我帶來的事物，

我將熱情接持，而對於過去，

我也並非毫無感謝之心……

因為在無盡的痛苦掙扎中，快樂也曾偷偷地混入；

至於現在，我不會讓我的感情，

日漸麻痺下去，也不會冷酷無情，

我將滿懷希望地四周觀看，

並且用一種感謝的心情膜拜自然。

十六

至於你，我最親愛的姐姐呵，

我知道你心中有我……即如你佔據我的心靈；

無論過去和現在，

我們一直都是兩個緊連在一起的生命；

無論相見或分離，我們的心都不會改變。

從生命的開始直到生命的盡頭！

我們相互交織……直到死神把我們帶走，

這最早的情誼將把我們繫到最後的一天！

註：

這是拜倫寫給他繼母所生的姐姐 Augusta （沒有血源關係） 的兩首情詩之
一。拜倫為此不容於當時英國上流社會，被迫離開英國，終生漂流海外，客
死異鄉。但他至死不悔。從這首詩中，可以看出拜倫對愛情的堅貞，對感情
的純真，對故鄉的熱愛，對大自然的膜拜。一字一血淚，真是動人心弦，感
人肺腑。我 15 歲時讀了這首詩，40 年來海外飄泊，這首詩無時無刻不在我
的腦中迴蕩。有時午夜夢迴，想起故鄉的親人（細姨），便默默地吟頌著：
Mountains and seas divide us, but I claim no tears,but tenderness to answer mine!
我的心在吶喊，眼淚便濕滿了枕頭。想起白居易的長恨歌：「七月七日長生
殿，夜半無人私晤時，在天願作比翼鳥，在地願為連理枝。天長地久有時盡，
此恨綿綿無盡期！」又云「夜深忽夢少年事，夢啼妝淚紅欄杆」。譯者與拜倫
遭遇相似，有感而發。期知我者會心，不知者見諒。

我知道近旁的小花園

〔英〕莫里斯 著／尹浩鏐 譯

我知道近旁的小花園，
園裏種滿百合和紅玫瑰，
如果可能，我會在那裏，
從清晨待到黑夜，
最好有人陪著我。

那裏沒有歌唱的鳥兒，
也沒有高大的房子，
蘋果樹只剩下殘枝，
花菓飄零，上帝啊，
求你走過那青草地，
像我從前見過的那樣！

岸邊傳來低低的水聲，
那裏有兩條來自遠處紫色山裏的小溪，
再流入那永不平靜的大海；
蜜蜂從不來山上採蜜，

客船從不停泊那海岸，
只有那如泣如訴的浪聲，
在那裏不停地哀鳴，
傳到我的傷心地。

我在這兒日夜啼哭，
悲歎逝去的美好日子，
我再也不會追逐名利，
更何況早已目盲又聾耳，
美好的事物即使得來又放棄！

儘管我早已力盡又筋疲，
但只要我還有一口氣，
我要從死神的牙關裏──
在通往歡樂的路上，
把我那美麗的臉兒尋找，
那個我曾親吻過的嘴唇，
它消失在哀鳴的大海裏！

當我害怕

〔英〕濟慈　著／尹浩鏐　譯

當我害怕可能早離塵世，
沒能用筆寫盡我的思維，
像一大堆書本還未載滿文字，
像大型的倉庫還未貯滿食糧；

當我看見繁星點綴的夜空，
漂流著隱顯傳奇故事的雲彩，
心想我可能不會活到那一天，
以偶然而來的靈感描繪那幻象；

當我感到即將要離開妳，情人啊！
我也許再也不能把妳反覆端詳。
我再也無力去品嚐傾心愛情的滋味。
我好像獨立在這荒漠世界的邊緣冥想，
直到愛情與浮名在虛幻中沉淪。

註：
濟慈作此詩時才 23 歲，但已為肺病所苦，其時正熱戀著一個名叫布芙尼的
姑娘，面對死亡的威脅和戀人生離死別的痛苦，他從極度徬徨無奈的思緒中
寫下這首千古名詩。

夜鶯頌

〔英〕濟慈　著／尹浩鏐　譯

一

我的心在絞痛，

如被一把利刀洞穿；

我的靈魂像中毒般，

沉下萬丈的深淵。

而你，美妙的仙靈，

你是多麼令人羨慕，

你總是把歡樂帶向人間。

你在那五彩繽紛的林中，

閃動著輕盈的羽毛。

你在那靜謐的蔥綠的天地裏，

引吭高唱，

歌頌著永恆的夏天。

二

我多麼渴望一嘗，那多年
冷藏在地窖中的清醇佳釀，
它會把我帶入那迷人的綠色之邦，
使我看到花神、戀歌、曼舞和明媚的陽光！
我多麼渴望一嘗，
那南國鮮紅的充滿靈感的溫泉，
那閃耀著如珍珠的泡沫，
會把我的嘴唇染上紫色的斑紋：
我要一飲而悄然離開塵世，
和你一同隱沒在那幽靜的林間。

三

靜靜地、靜靜地隱沒，讓我忘掉，
這個你在叢林中無法瞭解的塵世，
忘記一切的憂慮、疾病和折磨，
忘記這無法形容的悲慘世界：
在這兒，活力的青春會提早死亡，
只剩下幾根白髮在風中搖盪：
在這兒，思想的萌芽一現即滅，
絕望代替所有的希望；
明眸的眼神失去了光彩，
新生的愛情活不到一天。

四

神鳥啊，讓我飛到你的身旁，

我不用酒神陪我坐著雄偉的駕車，

我要展開詩神的羽翅，

帶著疲乏的靈魂和軀體，

飛入你的那幽居的地方；

在這溫柔的月夜，登上你的天堂。

周圍是侍衛著你的群星，

乍隱乍現，露出一縷縷的天光，

讓柔軟的和風輕輕吹過，

那長滿苔蘚的蔥綠的幽徑。

五

我看不出是那種豔麗的花草在腳旁，

是什麼香氣襲人的花掛在樹枝上；

在溫馨的林蔭下，我只能猜想，

時令會把各種芳香，

灑滿在樹林、草叢和野生果樹上。

這白枳花，這田野中的玫瑰，

這綠葉叢中易謝的紫羅蘭，

是五月中旬群芳中的驕寵；

那濃豔的綴滿露珠的薔薇，

成了夏夜蚊蟲的溫床。

六

多少次了，在深夜裏我細心傾聽，

我期望著死神的召喚，

我把最好的言辭寫入詩中，

求詩神把我的一息散入空茫；

啊，現在死亡對我是莫大的奢望，

在午夜裏溘然魂離人間。

當你正傾吐著你的心懷，

婉啼著你那快樂的清音！

你仍在歌唱，我卻魂歸天國，

你清麗的歌聲唱給我黃土一坏。

七

永生的鳥啊，你不會死去！

人間的苦難無法將你蹂躪；

今夜，我再一次聽到你的歌聲，

你的歌曾感動古代的帝王和村夫。

也許你的歌聲也曾喚起，

露西憂傷的心，使她不禁流淚，

站在異邦的田野裏思念故鄉。

你的歌聲常悄悄地，

在消失的領域裏打開少女的窗扉；

她正凝視著大海裏險惡的波濤。

八

啊！消失了！這聲音猶如一聲鐘響，

我猛然醒悟身在何方！

別了！這只是騙人的虛夢，

再不能長此作弄。

別了！別了！你淒怨的歌聲穿過草坪，

越過靜靜的小溪，漂上山坡；

然後深深地埋在附近的空谷中；

咦，這是幻覺，還是在作夢？

那歌聲消失了：我是醒？是睡？

註：

這是濟慈在 23 歲時早餐後坐在一株李樹下用三小時寫成的。那時他是住在女朋友范妮‧布勞納在倫敦 Wentworth Place 區的家。187 年前的倫敦和現在的倫敦不同，人們還可以聽到夜鶯的歌聲，還可以看見田野、小山、草叢、野樹和曠野。若是濟慈晚 150 年出世，他就寫不出這首留傳千古的〈夜鶯頌〉，供人類無盡期的享受。再過一千年，或許世上的夜鶯全被污染的空氣窒息死了，但人們還可以朗頌濟慈的夜鶯（如果那時的人還清醒的話）。我不知道濟慈寫夜鶯時是濟慈變了還是夜鶯變了，但我知他是用滴著血的心寫成的。他極不願活在這個可悲可歎的塵世，他祈求死神把他的一息帶入空茫，和夜鶯一同隱沒在林間裏，那裏他可以看到處處都是花神、戀歌、曼舞和陽光的綠色之邦。濟慈有一次低低自語〈I feel the flowers growing on me〉（我感到鮮花一朵朵的長在我身上）。我們可以想像充滿性靈和純真的詩人在這殘酷的世上絕不會活得長久，果然他一到 26 歲便死了。他把最好的詩留給我們。只可惜現代人早已被名利的枷鎖困死了，我們的詩人的夜鶯頌和夜鶯的歌恐怕將會被埋在空谷中，變得奄奄一息。我們現代人是醒是睡？連我們自己也不知道，恐怕也由不得我們自己去判斷了。

忘記她罷

〔美〕迪斯德爾　著／尹浩鏐　譯

忘記她罷，像忘記一朵花，
像忘記那金色的火苗；
時間會把記憶沖淡，
像一個催你衰老的良朋。

若有人問，你說早已忘記，
那隨時光消逝的往昔，
如花、如火、如輕微的足音，
早已被埋在雪堆裡。

當你老了

〔英〕葉芝　著／尹浩鏐　譯

當你老了，頭髮變白，睡意沉沉，
在爐火旁，請把這部書取下，
慢慢地讀，回味你昔日，
溫柔的眼神，和青春的倩影；

當年多少人曾為你迷人的玉貌瘋狂，
不管是真情或假意，如今春華盡落，
人去樓空，只有一個人愛著你高尚的靈魂，
愛你年華老去時的皺紋；

在那跳躍著的爐火旁邊，你低頭滿懷蕭瑟，
淒然細憶逝去的青春情愛，
在那不遠的山頭那邊，他，
正徘徊在群星中間偷偷窺望！

戀海情

〔英〕梅斯菲爾德　著／尹浩鏐　譯

我要重下海去，去看那孤獨的大海與長空，
我只要高船一艘，一燦星導航；
還有那堅硬的舵輪、任海風怒吼、白帆震顫，
趁著迷茫海面，找尋那破曉曙光。

我要重下海去，海濤在召喚，
它是那麼粗獷、響亮、無人能抗！
我要天天疾風勁吹，白雲翻滾；
還有水花噴濺、浪波追逐、海鷗高歌引吭。

我要重下海去，如吉普賽人在飄泊，
像海鷗高翔大空、巨鯨遨遊大海、迎接如利刃的狂風。
我只要有一神仙侶伴與我笑談天地，
在遠航後靜靜安睡，進入甜蜜的夢鄉。

刀安仁頌

一

雲南滇西幹崖土司邊界缺壁關，

是我們傣族人世居的美麗河山！

熱情的傣族姑娘在這裏戀愛和歌唱，

這裏原是花神、曼舞、和平的綠色之邦；

永恆的夏天把大地鍍成金色，

可惡的英國強盜啊，卻來掠奪我們的家鄉！

二

可愛的刀安仁，年輕英俊的宣撫使！

世襲皇恩，你望著故鄉的明山麗水，

心中祈求社稷安穩，子民無恙，

你願世代平安，與你的子民共用歡樂時光。

你把榮耀緊繫在他們身上，

你的愛緊貼著他們的心房！

三

可是當你的子民飽受外族凌虐，
我們的君王卻向洋人屈膝投降！
你獨自一人在岩上沉思，
夢想幹崖仍可獲得自由！
你俯視眼前煙硝下的可愛河山，
不能容忍淪為亡國奴的可悲下場！

四

不能依靠腐敗的朝廷為我們戰鬥
他們只會幹賣國的勾當！
我的子民啊！我們的祖先布特哈曾在這裏奮戰，
為我們爭取到今日的自由：
我們身上還流著他們英雄的血液，
我們絕不能辱沒祖先的名聲！

五

雄偉的幹崖絕不能躺在外族腳下，
傣族人民絕不能任人踐踏！
不能讓敵人把我們的善良，
當作無知軟弱；我們的壯志並未消沉，
我們是偉大母親哺養出來的兒孫，
我們身上世襲著祖先的英雄風骨！

六

縱然面對敵人的火槍利炮，

我們也絕不畏懼！

可愛的姑娘啊，讓昔日的戀歌變成英雄的樂曲：

讓昔日的舞地變成莊嚴的戰場。

我們的勇士會在敵人的鐵蹄下奮起，

用我們的利劍把他們的胸膛洞穿！

七

七年的奮戰終於換來勝利！

英雄的刀安仁卻獨自尋思：

滿清的朝廷啊，你貪圖安樂，

罔顧蒼生，縱然賜我黃金錦帶，

我再也不能讓你繼續，

做統治我們的帝王！

八

在遙遠的地方，有一位萬人景仰的先知，

是我們最好和最忠誠的導師，

他名叫孫中山。

著書立說，尋求救國之道，

奮鬥多年，決心推翻滿清，建立民國。

可愛的刀安仁，找到了明燈！

九

緊跟著孫中山的指示戰鬥，

他成功組織了滇西起義，把帝制推翻。

可我們的刀安仁啊，

卻未得到榮譽的光環！

現實何其殘忍，

他被無端投入不見天日的牢房！

十

啊，你這自由的精靈，不朽的安仁！

你備受摧殘，英年早逝。

你的受難卻使人民獲得解放。

你的每一步都留下歷史的腳印，

你雖身死而無憾，

你的英名永留人間！

辛亥革命英雄──刀安仁之墓

註：
刀安仁：又名郗安仁，字沛生，雲南省盈江縣人，傣族，生於清同治 11 年，
逝於民國 2 年。19 歲承襲幹崖宣撫使職位，20 歲時英軍侵略幹崖土司邊界
缺壁關，他組織武裝抗擊侵略者長達 7 年多時間，後在孫中山先生的直接指
導下開展反對滿清帝制的民主革命鬥爭，成功地組織了滇西起義，成為辛亥
革命的重要組成部份。後遭陷害，1913 年病故於北京，時年 41 歲。

莎士比亞十四行詩中譯賞析

尹浩鏐 譯

十四行詩之一

對我來說，好朋友，你永不會衰老，

自從我們初次相逢，

你風采依舊。三個冬季的寒風

吹落了三個青翠夏天的盛容，

三個陽春美景變成枯黃的深秋；

時規使我看見四月的明媚，

卻三度在六月的烈陽下燒毀。

看來你明豔照人，依舊是當年風韻，

但是時光卻在偷偷地流走！

美貌就像是日規上的時針，

不停地擺動，雖然不見蹤影，

你的明眸風采，我原以為能保存永久，

卻靜靜在消退，只是迷惑了我的眼睛；

有此一慮，未來的人們啊，請聽我說：

在你們還未來到這個世界，美的全盛時代已經過去。

十四行詩之二

四十個嚴冬無情地摧殘妳的容貌，

在妳娟麗的面龐上劃下鴻溝；

妳那令人豔羨的青春盛裝，

將被人棄置如破衣襤褸；

若有人問何處隱藏著妳的仙姿，

昔日的寶藏又在何地？

妳如果答：「它們都埋在我那深陷的眼眶裏」

等於自承妳貪婪地把它們拋棄。

妳更應把妳的青春容貌繼續發揚，

妳該這樣回答：「我這漂亮的孩子，

遺傳了我的一切，彌補我的老邁。」

他和妳一樣美麗動人！

他就是妳年輕時的翻版，

他使妳冰涼的血液重又沸騰。

十四行詩之五

時光先用它那神奇的妙手，

為你打扮出絕世容顏。

轉眼間變得凶狠粗暴，

把你的仙姿摧殘。

年復一年將那驕陽的盛夏，

推入寒冷的冬季，在哪兒把它毀傷。

那時濃艷的春露冰結成霜，草木凋零，

絕世容顏蓋上冰雪，淒涼無限。

如果你未曾將春夏的瓊枝玉露，

永藏在密封的玻璃瓶裏。

冬時節花枝香露同被掩埋，

一切蕩然無存，回憶也覺徒然。

須知好花一經提煉變成精華，

冬天只能令它失色，芳香卻永留人間。

十四行詩之十

你怎能說對任何人懷有愛意，
若你連自己都漠不關心！
你承認許多人對你情深一片，
但顯然你並不把別人放在心上。
因為你內心蘊藏著那麼多的仇恨，
你不惜多方設計把自己摧殘。
你蓄意毀滅你那強壯的軀體，
其實你更應對它裝飾打扮。
回心轉意罷，也讓我改變我的觀感，
難道恨的茅屋勝過愛的殿堂？
你外表亮麗，心地更要溫良，
至少對自己要有慈善心腸。
若你真愛我，另造出一個你吧！
讓美在你和你孩子身上地久天長。

十四行詩之十三

我情人的眼睛比不上明亮的太陽，

她的嘴唇也沒有珊瑚可愛紅潤。

她的脖子沒有雪花晶瑩皎潔，

她的頭髮也不像青絲發亮。

我曾見過嬌豔的紅玫瑰，

她的面頰不像紅玫瑰那麼迷人。

芬芳的香氣令人陶醉，

我的情人卻沒有這種香味。

她說話時我傾心細聽，

她的聲音卻沒有音樂那般悅耳。

女神走路時搖曳多姿，

我情人走路時卻腳踏實地。

但，我對天發誓，我的情人，

勝過任何天仙美女！

十四行詩之十五

當我思量著世間生長的萬物
其全盛時好像是一瞬即逝的曇花，
人生的舞臺有如表演著的戲劇，
全由萬能的上蒼暗中安排；
當我發現人和草木一樣榮枯，
任同一老天爺提拔或拋棄，
少年時春風得意，轉眼盛極而衰，
大好年華從記憶中消退；
這時才領悟到人世之無常，
正是有花堪折直須折啊，
莫待無花空折枝。
當上蒼要把你青春的白晝變成黑夜；
我要為愛你而抵抗時光的無情，
他要令你枯萎，而我為你重接新枝

十四行詩之十八

若我用夏天將你來作比方，
你比夏天更可愛也更溫良；
夏天的熱風會摧落五月的花苞，
夏天的期限也未免太匆忙；
有時太陽如炬火使人間酷熱難當，
但轉眼間有烏雲遮蓋了他金色的面龐；
美好的事物最終都會凋零敗落，
或見棄於機緣，或隨自然而消亡。
然而你的夏季卻永垂不朽，
你俊美的形象也永露光芒；
死神不能說你在他的陰影裏流蕩，
只因你永記在我那不朽的詩行。
只要人能呼吸，眼能看得清，
我的詩就能不朽，萬世留芳。

十四行詩之二十二

這鏡子不能證明我已年老，
只消我倆保持一樣青春美好；
但當看到歲月的痕跡爬上了你的眉梢，
我不禁悲痛死神快將把我帶走；
因為你所擁有的一切美麗外形，
正好是我內心透露出來的光影。
我的心在你胸中跳動，而你的也在我胸中；
我如何會比你先行老去？
啊！親愛的，望你千祈珍重，
正如我，不為自己，也要為你愛惜微軀；
懷抱著你的心，我會小心提防，
像慈母防護著嬰兒免受病魔來訪。
啊！別存自私之念，若我心先碎，
你的心又豈能獨存！

十四行詩之三十

當我想起前塵往事，

心中充滿了無限的感慨，

我為追求而不可得的事物歎息，

滿杯愁緒悲歡消失的時光。

我乾枯的眼睛重又淚如泉湧。

漫漫長夜憑弔我那失去的摯友親人，

我重新哭訴逝去的青春情愛。

往事的回憶使我悲歡無窮。

往事一去不復返，只留悲痛在心中，

把過去的種種傷心情事，

再重頭一一閉目細數，

好像舊債未還今債又要補償。

但當我想到你，親愛的朋友，

一切傷痕都會彌補，而一切悲痛都會消失！

十四行詩之三十四

你為何欺騙我說天氣晴朗，

哄我不帶外衣便踏上征途，

未到半途便被烏雲趕上，

光明大道頓是煙雨迷茫，

你縱然衝破雲層曬乾我面上的雨水，

但對我的傷害已無法補償；

無人能相信你有什麼仙丹靈藥，

能治傷痛也可撫慰我受辱的心房；

而你的懺悔也不能令我安慰，

你雖然後悔對我亦於事無補：

騙人者的愁苦對於被騙的人，

並不是什麼救濟良方。

但當我看到你落下如珍珠般的眼淚，

真情無價，足以把你的過錯抵償。

十四行詩之三十五

你不必為冒犯我而難過，
玫瑰也有刺，清泉會變濁，
烏雲能把月亮太陽遮蓋，
毛蟲會腐蝕嬌嫩的花苞，
人孰無過，我自己也會犯錯，
為你脫罪，我欺騙了自己，
為掩飾你的過失，我不講道理，
過於矯情，未免理屈窮詞，
因為我早就原諒了你的敗行，
原是來告你，卻為你辯護──
我對你起訴，卻成了被告。
心中五味雜陳，愛恨不分，
到頭來反幫你掠奪我自己，
咳！我是否前世欠了你？

十四行詩之三十九

即使我用世間最美的名詞，
也無法適當地來把你讚美。
須知自我吹捧對人無益，
讚美你豈不就是自我宣傳？
為這原因我們必須分散，
為我創造對你讚美的空間，
分離之後我便可以專心一意，
把你應得的讚美全部獻出。
分離雖然會給你帶來無限痛苦，
但這痛苦為我創造了無限的機緣——
我可以用兩地相思打發那孤零的歲月，
用甜蜜的思緒把光陰消磨。
並且你會教我怎樣將人一分為二，
讓我在遠方異地讚美心上的人兒。

十四行詩之五十五

用雲石和金銀造成的帝塚，
比不上強勁詩篇流長久遠；
你的詩篇閃耀著的光芒，
遠勝那封塵已久的石碑。
殘酷的戰爭會把雕像摧毀，
勾心鬥角會把皇宮變成灰燼，
但即使戰神的劍或戰爭的烈火，
都抹不掉你的萬世英名。
死亡或仇恨都會湮沒，
你的豐功偉業卻昂然鼎立，
千秋萬世在後人眼裏留存，
直到世界末日的降臨──
在那最後的審判庭上把你喚醒，
你永遠活在詩和情人的眼中。

十四行詩之六十六

活着真煩厭，倒不如早赴黃泉！

縱然是天才也得去搖尾乞憐，

無聊的草包打扮得衣衫鮮豔，

這世道再也信義無存，

榮與辱全憑權貴之一念，

童貞也被暴徒污玷，

正義無端被埋掩，

跛腿的無賴反弄殘了壯漢，

騷人墨客官府衙門有口難言，

蠢驢變博士威風八面，

講真話的人被認作癡癲，

善惡不分，大人反被小人騙，

似這般世道生為何來？倒不如一死化成煙！

待去也，咳，又怎能讓我的心上人獨枕孤眠！

十四行詩之七十

你受人指摘，並不是你的錯，
因為誹謗是「美貌」的附屬品，
遭妒是「美麗」的天然產物，
有如明朗的天上飛來一隻烏鴉。
只要你潔身自好，讒言只能証明
你受人尊崇，和你高尚的人格，
罪惡的蛆蟲最愛甜蜜的花蕊，
而你適逢是在青春的年華。
你已經躲過少年時候的陷井，
未遭逢不幸，或已克服敵人；
可是暫時的幸運尚不足為憑，
也不能堵住嫉妒者的口舌！
若沒有人把你的儀表蒙上灰塵，
你便是天下無雙的完人。

語言文學類　PG0480

飛翔的百靈

作　　者 / 尹浩鏐
責任編輯 / 林世玲
圖文排版 / 蔡瑋中
封面設計 / 陳佩蓉

發 行 人 / 宋政坤
法律顧問 / 毛國樑　律師
印製出版 / 秀威資訊科技股份有限公司
　　　　　114 台北市內湖區瑞光路 76 巷 65 號 1 樓
　　　　　電話：+886-2-2796-3638　傳真：+886-2-2796-1377
　　　　　http://www.showwe.com.tw
劃撥帳號 / 19563868　戶名：秀威資訊科技股份有限公司
　　　　　讀者服務信箱：service@showwe.com.tw
展售門市 / 國家書店（松江門市）
　　　　　104 台北市中山區松江路 209 號 1 樓
　　　　　電話：+886-2-2518-0207　傳真：+886-2-2518-0778
網路訂購 / 秀威網路書店：http://www.bodbooks.tw
　　　　　國家網路書店：http://www.govbooks.com.tw
圖書經銷 / 紅螞蟻圖書有限公司
　　　　　114 台北市內湖區舊宗路二段 121 巷 28、32 號 4 樓
　　　　　電話：+886-2-2795-3656　傳真：+886-2-2795-4100

2010 年 12 月 BOD 一版
定價：280 元
版權所有　翻印必究
本書如有缺頁、破損或裝訂錯誤，請寄回更換

國家圖書館出版品預行編目

飛翔的百靈 / 尹浩鏐著. -- 一版. -- 臺北市：
秀威資訊科技, 2010. 12
　　面；　公分. -- （語言文學類；PG0480）
BOD 版
ISBN 978-986-221-670-5（平裝）

855　　　　　　　　　　　　99022260

讀者回函卡

感謝您購買本書，為提升服務品質，請填妥以下資料，將讀者回函卡直接寄回或傳真本公司，收到您的寶貴意見後，我們會收藏記錄及檢討，謝謝！如您需要了解本公司最新出版書目、購書優惠或企劃活動，歡迎您上網查詢或下載相關資料：http:// www.showwe.com.tw

您購買的書名：＿＿＿＿＿＿＿＿＿＿＿＿＿＿＿＿＿＿＿＿＿＿

出生日期：＿＿＿＿＿年＿＿＿＿＿月＿＿＿＿＿日

學歷：□高中 (含) 以下　　□大專　　□研究所 (含) 以上

職業：□製造業　□金融業　□資訊業　□軍警　□傳播業　□自由業
　　　□服務業　□公務員　□教職　　□學生　□家管　　□其它＿＿＿＿

購書地點：□網路書店　□實體書店　□書展　□郵購　□贈閱　□其他

您從何得知本書的消息？

　　□網路書店　□實體書店　□網路搜尋　□電子報　□書訊　□雜誌

　　□傳播媒體　□親友推薦　□網站推薦　□部落格　□其他＿＿＿＿＿＿

您對本書的評價：(請填代號　1.非常滿意　2.滿意　3.尚可　4.再改進)

　　封面設計＿＿＿　版面編排＿＿＿　內容＿＿＿　文／譯筆＿＿＿　價格＿＿＿

讀完書後您覺得：

　　□很有收穫　□有收穫　□收穫不多　□沒收穫

對我們的建議：＿＿＿＿＿＿＿＿＿＿＿＿＿＿＿＿＿＿＿＿＿＿

＿＿＿＿＿＿＿＿＿＿＿＿＿＿＿＿＿＿＿＿＿＿＿＿＿＿＿＿＿＿

＿＿＿＿＿＿＿＿＿＿＿＿＿＿＿＿＿＿＿＿＿＿＿＿＿＿＿＿＿＿

＿＿＿＿＿＿＿＿＿＿＿＿＿＿＿＿＿＿＿＿＿＿＿＿＿＿＿＿＿＿

11466
台北市內湖區瑞光路 76 巷 65 號 1 樓

秀威資訊科技股份有限公司　　　收

BOD 數位出版事業部

··

（請沿線對折寄回，謝謝！）

姓　　名：＿＿＿＿＿＿＿＿＿　年齡：＿＿＿＿　性別：□女　□男

郵遞區號：□□□□□

地　　址：＿＿＿＿＿＿＿＿＿＿＿＿＿＿＿＿＿＿＿＿＿＿＿＿＿

聯絡電話：(日) ＿＿＿＿＿＿＿＿＿＿　(夜) ＿＿＿＿＿＿＿＿＿＿＿

E-mail：＿＿＿＿＿＿＿＿＿＿＿＿＿＿＿＿＿＿＿＿＿＿＿＿＿＿＿